囚《とら》われのアマル

作　アイシャ・サイード
訳　相良倫子

AMAL UNBOUND
Aisha Saeed

さ・え・ら書房

For Ami and Abu, my first teachers.

わたしの最初の先生、父と母へ本書をささげます。

Japanese translation rights arranged with Nancy Paulsen Books,
an imprint of Penguin Young Readers Group, a division of Penguin Random House LLC
through Japan UNI Agency, Inc., Tokyo

主な登場人物

アマル
主人公。十二歳《さい》の少女

〈アマルの家族〉

かあさん
アマルの母親

とうさん
アマルの父親。農園をいとなむ。

シーマ
アマルの妹。九歳《さい》。

ラービア
アマルの妹。四歳《さい》。

サファ
アマルの妹。三歳《さい》。

ルブナ
アマルの妹。赤ちゃん。

〈村の人たち〉

パルヴィンさん
アマルの家のお手伝いさん。
オマールの母親。

オマール
アマルのおさななじみ。
パルヴィンさんの息子。

ハフサ
アマルのクラスメイト。親友。

フォジアおばさん
ハフサの母親。アマルの母親の友人。

シャウカットおじさん
ハフサの父親。
市場で八百屋さんをいとなむ。

シャブナム
ハフサの姉。

ファラー
アマルのクラスメイト。

マリアムおばさん
仕立屋さん。ファラーの母親。

サナ
アマルのクラスメイト。
ナスリーン夫人の姪《めい》。

ラヒーラさん
産婆《さんば》さん。

サディア先生
アマルの通う学校の先生。

……………〈カーン一族〉……………

カーン氏

大地主。一族の主人。

ジャワッド

カーン氏の息子。

ナスリーン夫人

カーン氏の夫人。

……………〈カーン一族の使用人〉……………

ムムターズさん

女中頭。

ビラル

ジャワッドつきの使用人。

ハーミドさん

料理人。ファティマの父親。

ナビラ

女中。アマルと同年代。

ファティマ

調理場係の少女。

グラームさん

運転手。

……………〈識字《しきじ》センター〉……………

アシフ先生

識字《しきじ》センターの先生。

1

教室の窓越《まどご》しに外を見ると、原っぱの向こうにあるレンガづくりの小さな校舎《こうしゃ》から、男の子たちがどっと出てきた。こちらの授業《じゅぎょう》は長引いている。よくあることだ。

女の子たちが、椅子《いす》にすわったままそわそわし、黒板の上の時計をぬすみ見る。親友のハフサが、ため息をつく。

「それから最後に、残念なお知らせがあります」サディア先生はそう言うと、教卓《きょうたく》の上の紙たばを手にとった。「算数のテストを採点《さいてん》しました。合格点《ごうかくてん》に達したのは五人だけです」

クラスのみんなが、そろってうめき声をあげる。

「まあまあ」先生は、わたしたちをなだめた。「もう少し努力をすればいいだけのことです。明日おさらいをして、来週もう一度テストをしましょう」

わたしたちは、前へ出て黒板にそってならぶと、テスト用紙を順々に受けとった。

「問題がむずかしすぎたよね。秋まで、下のクラスにのこってればよかったな」妹のシーマが、耳打ちしてきた。

「なに言ってるの。きっとだいじょうぶ」わたしは、ささやきかえした。「合格点《ごうかくてん》をとれなかったことなどないじゃない」

シーマは、袖《そで》をたくしあげながら先生に近づいていった。わたしのおさがりの制服《せいふく》は、袖《そで》の部分だけ妹には長すぎるのだ。シーマが、先生からテスト用紙を受けとる。とたんに、不安げな顔が笑顔に変わった。ほら、だいじょうぶだった。妹は、軽やかな足どりで教室を出ていった。

「今日は、お手伝いができないんです。すみません」教室がからっぽになると、わたしは先生に言った。先生とふたりきりになれる放課後のこのひとときが、なによりも好きだ。さっきまで、ひとつの机《つくえ》をふたりで分けあい、一センチのすきまもないほどきゅうくつにつめあって、三十四人の子どもがすわっていた。生徒がいなくなった教室は、ほっと息をついて、少し大きくなったように見える。

「母がベッドから起きあがれないんです」

「もうすぐ生まれるの？」

「はい。それで、うちに帰って妹たちのめんどうを見るよう、父に言いつけられてしまって」

「アマル、手伝ってもらえたら助かるけれど、おとうさんの言うとおりよ。家族のことが第一です」

長女は家族の手伝いをするものだとわかってはいるが、サディア先生とすごす放課後の時間は、ただ楽しいだけではなく、大切な意味がある。わたしは、大きくなったら教師《きょうし》になりたいのだ。今まで出会ったなかでいちばんすばらしい先生——サディア先生よりいいお手本がいるだろうか。黒板をきれいにするのも、床《ゆか》をはくのも、先生の大学時代の話を聞くのも、たまらなく好きだった。先生がその日の授業《じゅぎょう》をふりかえり、うまくいったこと、いかなかったことを整理して、次の授業《じゅぎょう》の計画をたてるのをながめるのも。見ているだけで、多くを学べる。どうしてとうさんは、わかってくれないのだろう？

「でも、来週予定している詩の授業《じゅぎょう》の準備《じゅんび》を、少しおねがいしてもいいかしら。じつは、いやがってる子たちがいて、こまっているんですよ。前向きに学ぶよう、ハフサを説得してくれない？　あの子が、どんなふうにみんなを味方につけるか、知っているでしょう？　アマルの言うことなら、きっと聞いてくれます」

「ハフサだって、詩を読むのはきらいじゃないと思うんです。書かされるのがいやなだけで」

「詩なら、みんなよろこんで書くと思っていましたけどね。作文より短くてすむんですから」

「詩と作文はちがいます。ガーリブやルーミーやイクバールのような偉大《いだい》な詩人は、つたえたいことがちゃんとありました」

「アマルにはないの？」

「なにを書けばいいんですか？」わたしはわらった。「妹たちのことですか？　父のサトウキビ畑やオレンジ畑についてですか？　詩を読むのは大好きです。でも、わたしのくらしのなかに、詩になるようなものはありません。たいくつな人生です」

「そんなことはありません！　目にうつるものを詩にしてごらんなさい！　夢《ゆめ》について書くのです。このパキスタンという国は、詩人たちの夢《ゆめ》によって、つくりあげられたんですよ。わたしたちは、かれらと同じ大地にいるのではありませんか？」

こういうおおげさな話しぶりがサディア先生を好きな理由のひとつだけれど、このときは胸《むね》にひびかなかった。自分の家族や生き方に、ほこりを持っていないわけではない。パンジャーブ地方の村のなかでは、わりとゆたかな家庭に生まれ、幸運だとわかっている。それでも、地図の上で点にもならない、小さな村に住んでいる事実は変わらない。

けれども、わたしは、ハフサと話をしてみますと約束した。

これが——黒板のチョークの粉っぽいにおいや、すぐ外でおしゃべりをする友だちの声とともに——今、わたしの記憶《きおく》にある学校生活の最後の思い出だ。あのときのわたしは、そんな毎日がずっとつづくと思っていた。

2

砂利道《じゃりみち》をかけぬけ、シーマとハフサに追いついた。太陽が、じりじりと照りつけ、チャードルをかぶっていても頭が熱くなる。

「テレビによく出てくるベルを、サディア先生に買ったほうがいいね。ほら、授業《じゅぎょう》が終わる時間になると鳴りひびくやつ」ハフサがぼやく。

「いつも長引くわけじゃないよ」わたしは、先生をかばった。

「先週のこと、おぼえてる？　星座《せいざ》の話をえんえんと聞かされたでしょ。うちに着いたときには、弟たちはとっくに制服《せいふく》を着がえて、宿題を半分やりおえてたんだよ」

「でも、おもしろいと思わない？　夜、迷子《まいご》になったとき、星が道しるべになる話とか、星座《せいざ》にまつわる神話とか」

「夜空の点々をつなげて、なんの役に立つのよ。あたしは、家族で最初の医者になりたいの。宇宙飛行士《うちゅうひこうし》じゃなくってね」

ハフサとは、いつ、どうやってなかよくなったのか思い出せないほど、ずっと前から友だちだ。だけど、こういうところは、さっぱり理解《りかい》できない。わたしはハフサとちがって、どんなことも知りたかった。飛行機は、どのくらいの速さで飛ぶのだろう？　なぜ白いすじをのこすときもあれば、のこさないときもあるの？　にわか雨がふってきたら、テントウムシはどこにかくれるのかな？　パリやニューヨーク、カラチの街を歩くのは、どんな気分？　知らないことばかりで、きっと一生かけても、ほんの数パーセントしか学ぶことができない。

「おかあさんの具合は？　腰《こし》が痛《いた》いみたいだって、うちのかあさんが言ってたけど」ハフサがたずねた。

「どんどん悪くなってる。きのうは、ベッドから起きあがれなかった」

「かあさんによると、それはいいきざし・・・なんだって。赤ちゃんが男の子だと、腰《こし》が痛《いた》くなるらしいよ。アマルのおとうさんとおかあさんもよろこぶね」

「弟ができれば、楽しいだろうけど」

「ちょっと、あれ！　あのドア、見て！」最後の角を曲がると、ハフサは、村のモスクの横にできた建物を指さした。なんの知らせもなく、こんなふうに、なにかが村に建てられたことなど今まで一度もなかった。

子どもたちがサッカーをするあき地にコンクリートが流しこまれたのは、ほんの二週間前のこと。次の週には、レンガの壁《かべ》が立ち、窓《まど》ができた。そして今日は、ドア——あざやかな黄緑色のドア！——がとりつけられている。

「なんの建物か、情報《じょうほう》は入った？」わたしはたずねた。

「もちろん」ハフサは、にんまりとわらった。この友は、好きなようにくらせるならば、家族がいとなむ八百屋さんのかごにうもれて、一日じゅう村のうわさ話に、どっぷりとつかるにちがいない。「あれは、カーンさまの工場だね」

わたしは、あきれたように目をぐるりと回してみせた。うわさ話やむだ話は、村のくらしの一部だ。作物のできぐあいや天気など、あたりさわりのないおしゃべりもあるが、もっぱら話の中心は、この地域《ちいき》で絶大《ぜつだい》な力を持つ大地主、カーン氏にかんすることだった。

すると、シーマが口をはさんだ。

「なんでここにつくるの？　カーンさまの工場なら、イスラマバードやラホールにたくさんあるよ。ここに必要なのは診療所《しんりょうじょ》だよ。かあさんが、あれだけ腰《こし》の痛《いた》みに苦しんでるのに。町に行けばいいお医者さんはいるけど、この村だって、ちゃんとした診療所《しんりょうじょ》が必要だよ」

「あのさ、シーマ。カーンさまが、村の人たちのために、そんなものをつくってくれると思う？」ハフサが妹に言う。

「カーンさまの建物じゃないかもしれないよ」とわたし。

「あのけばけばしい緑色のドアを見てよ！　あんなものに、時間とお金をむだにする人がほかにいる？　アマルだって、そう思うでしょ」

説明のつかない奇妙《きみょう》なできごとは、いつもすべて、カーン氏にむすびつけられた。生まれたときからうわさを耳にしているが、じっさいに見たことは一度もない、謎《なぞ》につつまれた人物だ。小さいころは、こわい話に出てくる怪物《かいぶつ》のような、おそろしい存在《そんざい》だった。

「そうそう！　カーンさまといえば、話すたびに火をはくんだよね？」わたしは、また目をぐるりと回して言った。

「それに、ナイーマさんちのグアバの木から、実をぜんぶもぎとったんだっけ？」シーマが、いたずらっぽくウインクする。

「ここ数か月雨がふらないのも、カーンさまのせい」わたしはつづけた。

「あたしは、ただ聞いたことを教えてあげただけ」ハフサがむくれる。

「いずれわかるよ。それまで、診療所《しんりょうじょ》であることをいのろう」わたしは、自分の腕《うで》を妹の腕《うで》にからめた。

学校からの帰り道、初めにハフサの家に着く。郵便局《ゆうびんきょく》のすぐ先だ。それから、わが家が見えてくる。まわりの家と同じ灰色《はいいろ》だけれど、うちの境《さかい》には、バラの花がさきみだれている。わたしが生まれる少し前にかあさんが植えたそのバラは、春のこの時期になるとかならず花をさかせる。だから、わたしは、一年のうちで春がいちばん好きだ。

青のシャツとカーキのズボンの制服《せいふく》を着たオマールが、すぐそばを自転車で通りすぎた。

チリン、チリン、チリンとベルを三回鳴らす。話がある、小川のところで——わたしたちのひみつの合図だ。オマールは、小川のあるほうへ去っていった。

「あっ」わたしは、肩《かた》かけかばんのなかをさぐるふりをした。「テスト用紙を教室にわすれてきちゃった」

「また？」ハフサが、あきれたように言う。

「すぐ帰るって、かあさんにつたえてくれる？」わたしは、シーマに言った。

妹は、ためらっている。そろそろ、とうさんがうちに帰ってくる時間なのだ。でも、妹も、オマールがくだらない用事でベルを鳴らしたりしないと知っている。

シーマは、うなずいた。

「わかった。でも、急いでね」

3

村のまんなかを流れる川のほとりで、オマールは待っていた。わたしたちがこっそり会いたいときに使う、木立にかこまれた場所だ。木々の向こうはとうさんの農場で、サトウキビが青々とした茎《くき》をすっくとのばし、その先にあるオレンジ畑は、たくさんの実を水玉ものようにうきあがらせている。とうさんのやとっている人たちが、土をたがやしたり、果樹《かじゅ》やキビをかりこんで手入れしたりするのは、ここからだいぶはなれたところだ。万が一、近くに来たとしても、おいしげった木が目かくしになってくれる。

わたしは、小川にたおれた木に、オマールとならんで腰《こし》をおろした。

「持ってきたよ！」オマールは、もえたつようなオレンジ色の本をさしだした。

題名を指でなぞってみる。ハーフェズの詩集だ。わたしの学校の教室にも、本が置いてあるけれど、男子の学校には、ちゃんとした図書室があることはだれでも知っている。

「それで、どうだった？　どの詩がいちばんよかった？」わたしはきいた。

「どの詩って？」オマールは顔をしかめた。

「オマール！　まさかひとつも読んでないの？」

「ぼくは、アマルの好きな本を借りるだけさ。読む義務《ぎむ》はない」

「あるよ。語りあう相手が必要でしょう」わたしは、オマールをつついた。

「わかったよ」オマールは、両手をあげて降参《こうさん》した。「アマルが読みおわったら、いくつか読むよ。友だちとして、それぐらいはつきあおう」

午後の明るい日ざしを浴びて、オマールの髪《かみ》は茶色っぽく見えた。オマールを見つめながら、神さまは不公平だと、あらためて思う。わたしのことをかんぺきに理解《りかい》してくれる友だちを、男の子としておつくりになるなんて。

数か月前、わたしが十二歳《さい》になったとき、かあさんは、さとすように言ったのだった。

「アマル、あの子が友だちなのはわかるけれど、おたがい、もうおさなくないのよ。あんまりいっしょにいるのは、よくないわ」

「でも、きょうだいみたいなものだよ。会わないほうが、不自然でしょう」

「うちの近くで会うぶんには、かまわないのよ――まったく話さないわけにも、いかないから――でも、いっしょに登校したり、今みたいに親しげにおしゃべりしたりすれば……変なうわさがたってしまう。まだたっていなければの話だけれど」

わたしたちは、三日ちがいで生まれた。オマールは、うちのお手伝いさん、パルヴィンさんの息子で、わが家の裏《うら》にある小屋に住んでいる。オマールのおとうさんが死んだあと、ふたりで越《こ》してきたのだけれど、オマールがいないころのことなど思い出せない。オマールは、わたしの一部なのだ。かあさんのこの言いつけに、わたしはしたがえない。オマールも同じだろう。それで、こうしてこっそり会っては、たがいの話をして、わらいあう。

「サディア先生に、しばらく学校のお手伝いはできないってつたえたんだ。赤ちゃんが生まれるまでのことだといいけど、とうさんは、しばらくようすを見ようって」

「いろいろ落ちついたら、おとうさんの気も変わるさ」

「そうだといいな」

「おとうさんは、たぶん、まいってるんだよ。サファの話、知ってるか。あいつ、ご近所さんのニワトリ小屋のかけ金を、またはずしちゃったんだってさ。サファのめんどうをちゃんと見られるのは、アマルしかいないんじゃないかな」

「あの子ったら。うそでしょう？」わたしは、まじめな顔をしようとしたが、ついわらってしまった。わが家のさわぎのもとは、いつだってこのいちばん下の妹だ。

「ほーら、アマルだって、うそだと思ってないじゃないか！　かわいそうに、アマルのおとうさんは、午前中ずっとご近所さんにあやまりながら、ニワトリを追いかけてたんだろうな」

「サファといっしょになって、いたずらをするのはやめてよ」

「はあ？」オマールは、にんまりとわらった。「ぼくは、将来《しょうらい》、弁護士《べんごし》になるしかないな。

事件《じけん》を次から次へと起こすサファには、きっと弁護団《べんごだん》がいるぞ」

「あの子、まだ三歳《さい》だよ！」わたしは、オマールをパシッとたたいた。心がふっと軽くなる。

オマールの言うとおり、そのうち、とうさんの気も変わるかもしれない。それに、根気よくたのめば、たいていとうさんは娘《むすめ》たちのねがいを聞きいれてくれる。

「学校のことなんだけど、じつは、ガーリブ高校の校長から電話があったんだ。受かったよ！」

「ほらね、オマール！　受かるって言ったじゃない」

「それに、ぜんぶ負担《ふたん》してもらえるんだ。寮費《りょうひ》も食費もすべて！　これは、ぼくにとって、あらゆることを変えるチャンスだと思う。いい成績《せいせき》をとって奨学金《しょうがくきん》をもらえれば、大学へだって進める。信じられるかい？　いつか、かあさんに家を建ててあげられたらなあ」

わたしは、オマールにだきついた。オマールが今通っている学校は、わたしの学校の向かいにある。ガーリブ高校は、少しはなれた町にあるけれど、このあたりでは一、二をあらそう全寮制《ぜんりょうせい》の男子校だ。オマールにとって、またとない幸運といえる。オマールの言うとおり——あらゆることを変えるチャンスだ。

「その学校の図書室は、どんな感じかな」

「気が早いよ」オマールはわらった。「ぼくが学校になじむまで、本をあさらせるのは待ってくれ」

「だめだめ！　きっと、わたしたちの学校の本をぜんぶ足した数より、たくさんの本があるんだろうな。そういえばハフサが言ってたけど、全寮制《ぜんりょうせい》の学校のなかには、好きなものを食べられる食堂や全室テレビつきの寮《りょう》があるんだって」

「それはどうかな。チェス部とディベート部があるってのは聞いたけど。それに寮《りょう》には、自由に使えるパソコン室があるそうだ。ひとつだけ気になってるのは、寮《りょう》が相部屋ってことかな。ふたり部屋か、へたすると三人部屋だってさ」

「だれと同じ部屋になるの？」

「さあ。入学前に説明会があって、そのときにわかるらしい。だけど、知らない人といっしょに生活するなんて、なんか変な感じだよな」

「いつか大学に入ったときのわたしのルームメイトには、もうハフサが立候補《りっこうほ》してるよ」

「まあ、あいつと同じ部屋になったら、キャンパスのうわさ話は、なんでもすぐに耳に入るだろうな」

「それは得だね」わたしはわらった。

ふいにガラスのブレスレットの鳴る音が聞こえ、ふたりの時間はくだかれた。

シーマだった。こちらに向かって走ってくる。はだしだ。

妹は、息を切らしながら言った。

「早く帰ってきて。赤ちゃんが生まれる」

4

農園の先にあるわが家まで走って五分の道が、永遠《えいえん》に感じられた。わたしとシーマは、知りつくしたサトウキビの迷路《めいろ》をぬって、近道をひた走った。小枝《こえだ》をふみおり、落ち葉をふみつけながら、ようやくうちの前にたどりついた。

玄関《げんかん》のドアをいきおいよくあけ、居間《いま》をぬけ、両親の寝室《しんしつ》にかけこむ。かあさんは、ベッドで横になっていた。うすい上がけがかかっている。産婆《さんば》さんのラヒーラさんは、ぬれたタオルをかあさんの額《ひたい》におしあてていた。かあさんが、目をぎゅっととじ、歯を食いしばっている。

「生まれてくるのは、二、三週間先だと思ってたのに!」わたしは言った。

「こういうことは、予定どおりにはいかないんですよ!」ラヒーラさんは、持ってきたかばんのなかをさぐった。

かあさんが、息をはき、目をあける。わたしを見る。ほおは赤く、額《ひたい》は青白い。

「アマル。ここにいてはだめよ」かあさんは言った。

そうなのだ。まだ結婚《けっこん》していない、とくにわたしくらいの年ごろの女の子は、お産に立ちあうのをゆるされない。でも、明らかになにかがおかしいというのに、外で待ってなどいられるだろうか。

「でも、心配だから」

「平気よ。赤ちゃんは、予定より早く出てくるものなの」かあさんは、ほほえもうとしたようだけど、口のはしが少し上がっただけで、目じりにしわはよらなかった。わたしの腕《うで》をなで、なにか言いかけ、ふいに息をのみ、また歯を食いしばる。

「ここにいるよ」と、かあさんの手をにぎりしめたとき、ひじにだれかの手がふれた。オマールのおかあさん、パルヴィンさんが来てくれたのだ。黒い髪《かみ》の毛が、チャードルのところどころからはみでている。

「アマル、あたしが代わります。ラービアとサファのめんどうを見ていてくれますか」パルヴィンさんは言った。

「でも、手伝いたい」

「妹たちのめんどうを見るのも、りっぱなお手伝いですよ。おかあさんの心配がひとつ減《へ》ります」

かあさんのそばにいたかった。でも、パルヴィンさんの言うとおりだ。それに、こんなかあさんを見ているのはつらい。

居間《いま》にもどると、綿《めん》のワンピースを着たラービアとサファが、色あせた長椅子《ながいす》の横で立ちすくんでいた。

「ママは、だいじょうぶ？」ラービアがたずねた。下くちびるがふるえている。

サファは、つめをかみ、だまったままだ。四歳《さい》のラービアと三歳《さい》のサファは、黒いまき毛とえくぼがそっくりで、よく双子《ふたご》にまちがえられる。

「もちろん、だいじょうぶだよ」わたしは、不安をおさえこみ、ラービアのくるくるの髪《かみ》をなでた。「赤ちゃんが生まれる。弟か妹ができるんだよ、楽しみだね」

ふたりは顔を見合わせ、それからわたしを見てこっくりとうなずいた。

「待っているあいだ、部屋でお人形さんにすてきな服を着せよう。それで、赤ちゃんに見せてあげよう」

ラービアとサファを連れて、台所の横の子ども部屋に入った。窓《まど》の外に、桃色《ももいろ》にぬったコンクリートの中庭が見える。天気がいいとき、かあさんはそこで食事をつくる。ラービアとサファは、人形を出してきて、かあさんお手製《てせい》の服もひととおりならべた。まもなく、ふたりはお人形さんのお茶会の準備《じゅんび》をするのに夢中《むちゅう》になり、部屋はおしゃべりとわらい声で満ちた。

妹たちの遊びに意識《いしき》を向け、かあさんのとじた目や苦しそうな表情《ひょうじょう》を頭から追いだそうとする。まわりのみんなは、今度こそ男の子でありますようにと、口をそろえて言うけれど、わたしには、どうでもよかった。かあさんが無事でさえいてくれれば、それだけでいい。

ドアがきしんだ音をたてた。オマールが取っ手に手をかけたまま立っていた。

「おかあさんの具合は？」

「わからない。ほんのちょっと、そばにいただけだから。でも、こわかった――すごくつらそうで」

「ラヒーラさんとぼくのかあさんがついてる」オマールが、安心させるように言った。「それに、いざとなったらアマルもいる」

「本！　あわててたから、小川に置いてきちゃった。すっかりわすれてた」

「そんなこと心配するな」

「高そうだったけど」

「とってくるよ。本は、にげやしない」

「かあさんに、なにかあったらどうしよう」声がかすれる。

「まだなにもわからないよ。だけど、心配するな。必要なら、ぼくもここにいるから」

むやみに気休めを口にしないことが、ありがたかった。どうなるかなど、オマールにはわからない。

もちろん、わたしにも。

5

長椅子《ながいす》のすぐそばのテーブルで、わたしとシーマは宿題に集中しようとしていた。とうさんは、革《かわ》サンダルをはいたまま、居間《いま》を行ったり来たりしている。不安のうかぶ目をサングラスでかくしているが、額《ひたい》には汗《あせ》がにじんでいる。

うちの家は、村では大きいほうだ。だが、その家も、今はしぼんでわたしをおしつぶそうとしている。ラービアとサファが子ども部屋で遊ぶなか、わたしとシーマは、とざされた寝《しん》室《しつ》のドアを、ちらちらと見てばかりいた。

ようやくドアがあいたときには、太陽はしずみかけていた。

産婆《さんば》さんのラヒーラさんは、部屋から出るとにっこりとほほえんだ。

ずっと歯を食いしばっていたわたしは、力がぬけた。かあさんは無事なのだ。ラヒーラさんがほほえんでいるのだから、そうにちがいない。

「おめでとうございます。これで、五人の子どものおとうさんですね」

「妻《つま》は……妻《つま》のようすは？」

「ひどくおつかれです。でも、じきによくなりますよ。さあ、ご自分の目でたしかめください」

とうさんは、寝室《しんしつ》に入っていった。わたしとシーマも、あとにつづいた。

サイドテーブルの明かりが、暗くなった部屋のなかをあわく照らしていた。赤ちゃんは、かあさんの腕《うで》のなかで、青い毛布《もうふ》にくるまれていた。想像《そうぞう》していたよりもずっと小さくて、かわいらしい。

「どっちだ？」とうさんはたずねた。「男か、それとも……」

「女の子ですよ」ラヒーラさんが答えた。

「女の子？」

「そうですよ」ラヒーラさんは、とうさんの目を見てつづけた。「玉のように美しい健康なおじょうちゃんです」

「だいてもいい？」わたしは、かあさんの腕《うで》から毛布《もうふ》ごと赤ちゃんをだきあげた。やわらかな鼻に、ほおに、サファと同じところにえくぼのある丸っこいあごに、指をすべらせる。ラヒーラさんの言うとおり、玉のように美しい。

ふいに人さし指をにぎられ、はっとした。こんなに小さいのに、その力強さといったら、まるで、わたしがいつでも守ってくれると知っているかのようだ。生まれたのが弟ではなくて、ほんの少しがっかりしたかもしれないけれど、そんな気持ちは川の流れにまいおちる粉雪のようにとけて消えた。

「名前はどうする？　思いついたものをノートに書きとめてあるよ。シファなんてすてきだと思うけど、マハやマーリア、ルブナもいいな」

そう言ってから、わたしは、部屋がいつになくひっそりとしていることに気づいた。

かあさんは泣いていた。赤ちゃんにばかり気をとられ、かあさんのほおをつたいおちる涙《なみだ》に気づかなかったのだ。今の今まで。

とうさんは、ドアのそばに立っていた。目が赤い。

「すみません」かあさんはつぶやいた。

「あやまることはない。神さまのおぼしめしだ」

とうさんとかあさんが男の子をほしがっているのは、もちろん知っていた。近所の人たちとのおしゃべりや、家のなかでの会話を耳にしていたからだ。でも、今のふたりの表情《ひょうじょう》は、失望《しつぼう》どころではなかった。絶望《ぜつぼう》だった。

ほかの妹たちが生まれたとき、わたしはそばにいなかった。そのときも、ふたりは同じような表情《ひょうじょう》をうかべたのだろうか。

わたしが生まれたときも？　それとも、初めての子どもだったからよろこんでくれた？

こんなふうにいろいろと気づいてしまう自分が、ときどきいやになる。

女に生まれるのがそんなに悪いことだなんて、知りたくなかった。

6

窓《まど》から朝日がさしこむ居間《いま》で、わたしとシーマは、新しい妹のめんどうを見ていた。学校を休んでまるまる一週間、ずっと家の手伝いをしている。あしたは月曜日、早く学校にもどりたくてたまらない。とうさんは、朝の礼拝《れいはい》を終えて畑仕事に出かけ、ラービアとサファはまだ起きてこない。ねむっている赤ちゃんをだきながら、この静けさをじっくりと味わう。

「今の見た？」シーマをひじでつつき、赤ちゃんをあごでしめした。

「ん？」シーマがあくびをする。

「ねむりながらほほえんだよ！　きっとしあわせになるね」

シーマは、赤ちゃんのやわらかくて絹《きぬ》のような髪《かみ》をなでながらたずねた。

「かあさん、だいじょうぶかな？」

「赤ちゃんを産むと、いつもあんなふうになるから」わたしは、サファが生まれたときのことをおぼえている。少なくとも一週間は、パルヴィンさんが朝昼晩《あさひるばん》の食事をつくり、子どもたちを寝《ね》かしつけてくれた。

「それだけじゃなくて……」シーマは、言いよどんだ。「すごく悲しそうだったから」

「そうだね」どんなに追いはらおうとしても、とうさんとかあさんのあの表情《ひょうじょう》が、頭にこびりついてはなれない。

ドアをたたく音がして、会話がとぎれた。

「フォジアおばさんだよ。賭《か》けてもいい」シーマが立ちあがる。

「もっと早く来なかったのが、ふしぎなくらいだよ」

「ジャレビ、持ってきてくれたかな」

フォジアおばさんは親友ハフサのおかあさんで、村でなにかが起こると、たいてい真っ先に首をつっこむ。けむたがられないのは、賞をとったこともあるジャレビをたずさえてやってくるからだ。だれもが、そのくるくるしたオレンジ色の砂糖漬《さとうづ》けのお菓子《かし》につられて、つい玄関《げんかん》のドアをあけてしまう。

「おめでとう」シーマがドアをあけると、フォジアおばさんは言った。明るい黄色のチャードルを頭から肩《かた》におろし、家のなかに入ってくる。ハフサもいっしょだ。

「この子かい！」おばさんは赤ちゃんを見てにっこりわらい、お菓子《かし》のもりあわせののった大皿をシーマにわたすと、わたしの腕《うで》から赤ちゃんをだきあげた。

「かあさん、腰《こし》が痛《いた》くなるのは男の子の印だって言ってなかったっけ？」ハフサが、しかめつらをする。

「まあね。おばあちゃんがそう言ってたんだ。でも、こういうことは予想どおりにはいかないもんだね。ほんとに残念だ。今度こそは男の子だと思ったんだけど」おばさんはチッチッと舌打《したう》ちをした。「あんたたちのおかあさんは、だいじょうぶかい？」

わたしは、フォジアおばさんをまじまじと見た。こんなにかわいいわたしの妹を腕《うで》にだきながら、さも残念そうに首をふるとは、どういうことだろう。

「かあさんは寝《ね》てます」シーマが言った。

「そうだろうね。さてと、これから仕立屋さんとこに行くんだ。ハフサったら、あたしがまばたきするたびに大きくなってね、すぐに服が小さくなるんだよ。おかあさんに、フォジアおばさんが顔を出したと、つたえといてくれるかい？」おばさんは、赤ちゃんをわたしにもどした。

「じゃあ、あした学校でね」ハフサが手をふる。

わたしは、ドアをしめた。

「今の聞いた？」腹《はら》が立ってしかたがなかった。「よくあんなことが言えるよ！　残念そうな顔をしちゃって――自分の娘《むすめ》がすぐそばにいるっていうのに！」

頭上の蛍光灯《けいこうとう》がチカチカとまたたき、ふっと消えた。天井《てんじょう》のファンがゆっくりと止まる。また停電だ。シーマが、走って窓《まど》をあける。先週の停電は、二時間以上つづいた。すでにコンクリートの床《ゆか》から、熱が立ちのぼってきた気がする。

小さい妹ふたりが、居間《いま》にかけこんできた。ラービアの顔に涙《なみだ》のすじがついている。サファをにらみつけ、かん高い声でさけぶ。

「ラービアのお人形、とった！」

わたしとシーマが止める間もなく、ラービアはサファを追いかけはじめ、ふたりは長椅子《ながいす》のまわりをぐるぐると回った。すると、わらいながら飛びはねていたサファが、敷物《しきもの》のはしに足をとられて転び、テーブルに頭を打ちつけた。テーブルの角に置いてあったグラスがぐらりとゆれた。水がサファにかかり、敷物《しきもの》に飛びちると、グラスのくだけちる音が、部屋じゅうにひびきわたった。

ふたりは声をあげて泣いた。かあさんにも聞こえているはずだ。聞こえないわけがない。わたしは、寝室《しんしつ》へ向かい、なかをのぞきこんだ。カーテンが、すきまなくとじている。窓《まど》に背《せ》を向けているかあさんの目は、とじたままだった。

「かあさん？」そっと声をかけたが、返事はない。

赤ちゃんが、腕《うで》のなかでぐずりだした。わたしは、大きく息をすいこみ、うしろ手にドアをしめた。居間《いま》にもどって、涙《なみだ》でぐしょぐしょになった妹たちの顔を見る。かあさんは、けっして子どもたちをどならない。下のふたりがどんなにいたずらをしても、しょっちゅうけんかをしても、こらえるすべを知っていた。かあさんの具合がよくなるまで、がんばらなくては。

ちょうど、パルヴィンさんがうちに入ってきた。物ほしロープからとりこんだばかりの洗《せん》濯物《たくもの》を、かごごとドサッと床《ゆか》におろし、わたしの腕《うで》から赤ちゃんをだきあげる。

「この子をおかあさんのところへ連れていってあげましょう」パルヴィンさんがそう言ったとき、天井《てんじょう》のファンがまた動きだした。

「かあさんは寝《ね》てる。さっき、ようすを見てきたばかりだよ」

「でも、赤ちゃんは、きっとおなかがぺこぺこですよ。心配いりません。あたしが、おかあさんと話してみます」

シーマが妹たちをなだめているあいだに、わたしは、われたグラスをかたづけた。

こうやってシーマといっしょに母親の代わりをするまで、家のなかの仕事をこなすのが、こんなにたいへんだとは思ってもいなかった。今までどおりパルヴィンさんが、洗濯《せんたく》をしたり、お皿をあらったり、夕食の下ごしらえに野菜を切ったりしてくれるけれど、やらなくてはいけないことは、たまるいっぽうだった。だいたい、やんちゃざかりの妹ふたりのめんどうを見るだけでも大仕事だ。あまりにいそがしくて、遠くのモスクのミナレットからひびく晩《ばん》の礼拝《れいはい》のよびかけにも、窓《まど》からさしこむ夕ぐれどきの日ざしにも、気づかなかった。

その日の夜おそく、シーマとパルヴィンさんがお皿をふいているあいだに、ラービアとサファを寝《ね》かしつけた。子ども部屋を出て、ようやくひとやすみできると思ったのに、洗濯物《せんたくもの》の山が目に入り、たじろいでしまった。ふだんかあさんは、パルヴィンさんが洗濯物《せんたくもの》をとりこむと、すぐにかたっぱしからアイロンをかける――そうしないと、綿《めん》のカミーズは、しわになってしまう――でも今、洗濯物《せんたくもの》は、かごに入ったままだ。服の山のてっぺんで、学校の制服《せいふく》がまるまっている。

「アイロン台を持ってくるね。せめて、あした着る服だけはアイロンをかけようよ」わたしの心を読んだかのようにシーマが言った。

うちのなかを見まわした。長椅子《ながいす》のそばに、妹たちの人形が転がっている。午後にパルヴィンさんが買ってきてくれた食料品や日用品は、麻袋《あさぶくろ》に入ったまま台所に置いてある。敷物《しきもの》の上には、食べかすが散らばっている。それなのに、かあさんが起きあがる気配はない。赤ちゃんにお乳《ちち》をあげるのが、せいいっぱいなのだ。おむつは、いまだにわたしがかえている。

「どうしたの?」シーマがきいた。腕《うで》に、両親の寝室《しんしつ》から持ってきたアイロンと細長いアイロン台をかかえている。

「どうもこうも、家のことをぜんぶこなしながら、学校に通えるはずがない。この服の山を見て。終わるのに何時間かかるかわからないよ」

「なにか方法があるはずだよ。アイロンがけは、夜、おねえちゃんがラービアとサファを寝《ね》かしつけたあとにやって、夕飯の下ごしらえは、朝、あたしがやるとか」

そんなの、うまくいくわけがない。

「わたしは家にいる」

「それなら、あたしだって」

「だめ。シーマは、上のクラスに進級したばかりでしょう――ついていけなくなったら、どうするの？」

「でも、おねえちゃんひとりでぜんぶやるなんて、むりだよ」

「パルヴィンさんがいる。ふたりでやれる。かあさんが、前のかあさんにもどるまで、きっとあと数日だよ」

熱いアイロンをシーマの制服《せいふく》におしあてながら、わたしは、今言ったことがどうかほんとうになりますようにと、いのらずにはいられなかった。

7

朝食を用意し、かあさんの部屋へ持っていく。太陽はすでに高くのぼっているのに、カーテンはとじたままだった。赤ちゃんは、かあさんのとなりで、すやすやとねむっている。

学校を休んで九日がたった。かあさんは、まだよくならない。ときどき、水を飲みに部屋から出るようにはなった。きのうの晩《ばん》は、だるそうだったけれど、家族そろって中庭で食事もできた。でも、回復《かいふく》があまりにもおそすぎる。学校を休めば休むだけ、クラスのみんなにおくれをとってしまうのに。

「朝食を持ってきたよ。かあさんの好きなタマネギ入りのオムレツだよ」

「サイドテーブルに置いておいて」

「かあさん、食べないと体力がつかないよ」

「もう少し休ませて」

そばで、食べさせようとしたほうがいいとわかっているけれど、近ごろはなにを言っても、かあさんは上《うわ》の空だ。

窓《まど》に目をやる。カーテンのすきまから、日の光がのぞいていた。

「市場に行ってくるね。ショウガとトウガラシが切れちゃったんだ。ハフサの店に、かあさんの好きなビスケットが入ったんだって。買ってくるよ」

「ありがとう、でもいらないわ。それより、ラービアとサファを連れていってくれる？」

「パルヴィンさんが見ててくれるよ。連れていくと、時間が二倍かかっちゃう」

「アマルがひとりで市場へ行くと、とうさんがいい顔しないでしょう？」

こうなると、もうなにを言ってもむだだ。わたしは、右手でサファと、左手でラービアと手をつなぎ、ふたりに合わせてゆっくりと市場へ向かった。朝のすずしいそよ風と雲が、むっとする暑さをやわらげている。

市場は、ゆっくりと歩いて十分ほどのところにあり、仕立屋さんと薬屋さんをすぎると見えてくる。さまざまな店が集まっていて、屋根のない露店《ろてん》もあれば、あげたてのサモサやあまくて冷たいクルフィを売りあるく屋台もあって、ほぼなんでも手に入る。

「『S』ではじまることばをさがしてごらん。どっちが最初に見つけられるかな？」歩きながら、妹たちに問題を出した。

サファは、首をめいっぱいのばして、道ぞいのレンガづくりの家々をながめた。肉屋さんのおかみさんが、玄関前《げんかんまえ》の階段《かいだん》から手をふっている。

「ストリート《STREET》！」ラービアが、道を指さして答えた。「ステアーズ《STAIRS》もだ！」つないだほうの手をゆらして、そばの家のコンクリートの階段《かいだん》をしめす。

「サファ《SAFA》！」サファが、得意げにわらった。

「よくできました！」ふたりの頭をなで、またべつのアルファベットをえらぶ。ふと思いついたゲームだったが、これはいい！　おかげでふたりとも、そばをはなれない。先生になるなら、今の自分と同じくらいの歳《とし》の子を教えたいと思っていたけれど、小さい妹たちをこんなふうに教えるのもたまらなく楽しい。あんがい小学校の先生に向いているかもしれない。

　行く手に、市場が見えてきた。肉屋さんの前を通りすぎる。肉屋さんのだんなさんが、羊のものかたまりをあらっていた。これから、ほかの肉といっしょに、つりかぎにかけて、店先にならべるのだろう。となりのお菓子屋《かしや》さんは、帳簿《ちょうぼ》とにらめっこしていた。横のショーケースに、オレンジ色や黄色、ピスタチオのような緑色のお菓子《かし》がならんでいる。

　ハフサの家族がいとなむ八百屋さんの前まで来ると、まだなかに入ってもいないのに、近所の人たちのおしゃべりが聞こえてきた。この市場で、いちばん人気の店だ。品ぞろえがいいので、ほかの町からわざわざやってくる人もいる。わたしは、ナスの品定めをしている女の人たちの横をどうにか通りぬけ、青いかごに山積みになったトマトとハラペーニョとダイコンをめざした。うしろの壁《かべ》にそって、うちの農場でとれたオレンジやサトウキビも置いてある。とうさんのつくったものが、パキスタンのほかの八百屋さんでも、こんなふうに売られているかと思うと、いつもふしぎな気持ちになる。遠い土地で、見知らぬ人たちが、わが家の裏《うら》の畑で育った作物を食べているなんて、想像《そうぞう》するだけでうれしい。

買うものをつかんで、ハフサのおとうさん、シャウカットおじさんに代金をわたした。わたしがしっかりとサファの手をにぎっているのを見て、おじさんは、ほっとした顔を見せた。この前来たとき、サファが丸椅子《まるいす》を引っくりかえして壁《かべ》にぶつけ、スパイスを棚《たな》ごと床《ゆか》にたおしてしまったのだ。

「天井《てんじょう》！」わたしは、上を見て言った。

シャウカットおじさんが、こちらを見る。

「なにかがちがうな、と思ったんです」わたしは、天井《てんじょう》を指さしてつづけた。「穴《あな》を修理《しゅうり》して、ブルーシートをはずしたんですね」

「まあね。もうしばらく、ブルーシートで間に合わせようと思ってたんだが、先週の強風でふきとばされちまってね。それで、天井《てんじょう》をまるごととっかえた」

「いい感じです。これで、安心ですね」

ところがシャウカットおじさんは、レジを打ちながら口をきっと引きむすんだ。

「安心なもんか。カーン一族から金を借りたんだからな。だが、やりたくないことをやらなくちゃならんときもある」

市場を出てからも、このことばが頭からはなれなかった。シャウカットおじさんがお金を借りたくないのと同じように、わたしは、まだ回復《かいふく》していないかあさんをうちにのこして、学校に行きたくはない。でも、これ以上学校を休めば、みんなについていけなくなる。もう限界《げんかい》だ。かあさんには助けがいる。なにか手立てを考えなければ。

「アマル！」マリアムおばさんが、遠くからわたしの名前をよんだ。クラスメイトのファラーのおかあさんだ。ずいぶんと早足ですたすたと向かってくる。

すると、ラービアが、わたしを見上げて言った。

「マリアムおばちゃん！　おばちゃんのお名前、『M』からはじまる？」

「よくできました！　ふたりにごほうびをあげる。あそこにいるおじさんからクルフィを買っておいで」わたしは、ラービアのてのひらに小銭《こぜに》をのせた。

マリアムおばさんと入れかわりに、妹たちは屋台へと走っていった。

「そのサルワール・カミーズ、とっても似合《にあ》ってるねえ」マリアムおばさんは手をのばし、えりもとをなでつけた。「この花がらを見たとき、アマルにぴったりだと思ったの。レースをほんの少しそえると今風《いまふう》になるって、おかあさんにアドバイスをしてねえ」

「仕立ててくれて、ありがとうございました。とても気に入ってます」

「おかあさんの具合はどうなの？」

「まだ本調子ではないけど、なんとかやってます」

「女の子だったんだってねえ？」マリアムおばさんが首を横にふる。だれもが男の子を期待していたのは知っているけれど、こういうふうに言われるのは、もううんざりだ。おばさんだって、むかしは女の子だったはずなのに。

「今日の午後おみまいに行くって、おかあさんにつたえてくれる？　赤ちゃん用にお直ししたいお古があるだろうから」

わたしはお礼を言い、また歩きだした。サファが、クルフィをなめながら、いっちょうまえに舌《した》づつみを打つのには、わらってしまった。クルフィがとけ、白いシロップがあごをつたって服にしみをつけた。

「そうやって、次から次へとおねえちゃんの仕事をふやすんだから！」わたしは言った。

うちに着くと、買ってきたものをパルヴィンさんにあずけ、タオルをつかんでサファの顔をふいた。居間《いま》のテーブルに、とうさんがいた。テーブルじゅうに書類をならべて、整理している。

「なにかあったの？　こんなに早く家に帰ってくるなんて」わたしはたずねた。

「いや、だいじょうぶだ。近ごろ、いそがしくてな。かあさんも寝《ね》たきりだし」とうさんがため息をつく。

「ラヒーラさんに電話してみようよ。きっとどうすればいいか知ってるよ」

「産婆《さんば》さんが治せるもんじゃない」

「じゃあ、お医者さんに連れていこう」

「かあさんに必要なのは時間だ。じきによくなるさ」

「でも……ずいぶん学校を休んでるし、もうすぐ試験もある。あしたから学校へ行きたい」

「アマル……ラービアとサファには、おまえが必要だ」

「学校に行っているあいだは、パルヴィンさんがめんどうを見てくれるよ」

「パルヴィンにはパルヴィンの仕事があるのを知っているだろう。子守りは、パルヴィンの仕事じゃない」

「パルヴィンさんは気にしないよ！　妹たちのことをとてもかわいがって――」

「いいかげんにしろ！」

するどい声に、わたしのことばは封《ふう》じられた。

「すまない。だが、今はこうするしかない。アマルは長女だろう。そういう立場なんだ」

わたしは、さけびたかった。なりたくて長女になったわけじゃないと。でも、口をつぐんだ。どうして、長女に生まれた偶然《ぐうぜん》に、これほど人生を左右されなくてはならないのだろう。

とうさんはつづけた。

「あと一週間ほど、ようすを見よう。いずれにしても、もうじゅうぶん学んだだろう。近所の娘《むすめ》さんたちとくらべてみなさい。読み書きもできるじゃないか。これ以上、なにを学ぼうというんだ？」

今までずっと、とうさんもかあさんも、わたしのことをよくわかってくれていると思っていた。それなのに、なんという質問《しつもん》をするのだろう。

これ以上、なにを学びたいか？

世界のすべてだよ、とうさん、世界のすべてを知りたいんだよ。

8

あくる日の朝、台所に入ると、シーマがアイロンをかけていた。

「どうして制服《せいふく》を着てないの？」わたしはたずねた。「学校におくれるよ」

「行かない」

「シーマ」

「早起きして、洗濯《せんたく》を手伝ったんだよ。ひと山終わったと思ったら、またべつの山ができて、どんどんつみあがっていく。家事には終わりがないんだ。おねえちゃんには、あたしが必要だよ」

「パルヴィンさんとふたりでなんとかする。学校へ行って」

「そんなの公平じゃないよ。おねえちゃんが行けないのに、あたしだけ行くなんて」シーマの目がうるむ。

「公平じゃない、か。でも、シーマは上のクラスに上がったばかりでしょう、ついていけなくなったらこまるよ。おねがいだから行って」

シーマは、涙《なみだ》をこぼしながら制服《せいふく》に着がえた。

家を出たシーマを、窓越《まどご》しに見送った。見えなくなってすぐのところで、きっとハフサが待っている。ふたりそろって、レンガづくりの小さな校舎《こうしゃ》に入り、それぞれの机《つくえ》について、わたしのまだ知らないことを学ぶ。そのうちハフサは、いやシーマでさえ、クラスで一番だったわたしを追いぬくだろう。

「おじょうちゃんたちは、まだねむっていますか?」パルヴィンさんが玄関《げんかん》から入ってきて、うしろ手にドアをしめながらきいた。

わたしはうなずいた。

「それはよかった。今日の仕事にさっそくとりかかれますね。オマールに、カリフラワーを学校帰りに買ってくるよう言いつけておきましたよ。たしかジャガイモは、まだたくさんあると思いますけど、念のため、たしかめて……どうしたんです?」

パルヴィンさんは、こんなふうに、うちに出たり入ったりしながら、静かに手を貸《か》してくれる。ついわすれそうになるけれど、食事をつくるのに必要な材料を確認《かくにん》するのも、家事をとどこおりなく次から次へと回すのも、パルヴィンさんだ。わが家は、この人の手でささえられているのだ。

「なんでもない……でも、ありがとう。いつもきちんとつたえていないけど、ほんとうに感《かん》謝《しゃ》してる」

「なにを言ってるんですか。あたしは、この家族の一員だと思ってるんですよ。なんとかなります。ほら、こっちにいらっしゃい」パルヴィンさんは、わたしをだきしめた。「すべて、うまくおさまりますよ」

そのことばをすなおに信じることはできなかったし、ラービアやサファのように、だきしめられてほっとするほど、もうおさなくはなかったけれど、パルヴィンさんの腕《うで》につつまれると、あらゆる痛《いた》みがほんの少しうすれるのだった。

「学校はどうだった？」その日の午後、帰ってきた妹にたずねた。

「楽しかったよ！」シーマがにんまりする。

「詩の宿題、見てあげようか？　月曜日に提出《ていしゅつ》するんでしょう？」

「もちろん見てちょうだい。でも、おねえちゃんも自分のぶんをやるんだよ」

「シーマ、とうさんの考えは変わらないよ」

「変わらなくてもだいじょうぶ」

「どういう意味？」

シーマは、肩《かた》かけかばんに手をのばすと、フォルダーをとりだした。

「なに？」

「あけてみて」

フォルダーをひらく。詩の宿題。つづりのテスト用紙。算数のテスト用紙。

「でも、習ってもいないのに、詩なんて書けないよ。それに、このテストはどうやって――」

「あたしがおねえちゃんをテストするの。サディア先生に相談したんだ。そしたら、家でちゃんと勉強してテストをやれば、出席あつかいにしてくれるって。それにね、『これからはしっかりノートをとって、あたしがおねえちゃんに教えます』って、先生に言っちゃったんだよね。詩だってまかせて。なによ、その目は！　できるってば！　その日習ったこと、ぜーんぶ教えてあげる。だっておねえちゃんは、また学校に通うんだからね」シーマは、わたしの肩《かた》をぎゅっとつかんだ。

いちばん上のプリントには、見なれたサディア先生の字でこう書いてあった。

アマルへ――これをすべてこなすのは、たいへんだと思います。でも、あなたならできる！　おうえんしています。

わたしは、シーマをだきしめた。希望は、手からすりぬけたはずだった。ところが、希望は気まぐれらしい。向こうから、まいもどってきてくれたのだ。

9

ラービアとサファがテレビに夢中《むちゅう》になっているすきに、わたしは、シーマに地理のノートを見せてもらおうとした。

そのとき、玄関《げんかん》をたたく音が聞こえた。

「ラドゥーを持ってきたよ。今日のおかあさんは、友だちに会えそうかい？」ハフサのおかあさんのフォジアおばさんが、仕立屋さんのマリアムおばさんと入ってきた。

「まだ具合がよくないんです」わたしは言った。

「もういいかげんにしないとね！　そろそろ人と会ったほうがいいよ」

フォジアおばさんの言うとおりだ。どうにかして、かあさんを霧《きり》のなかから引っぱりださなくては。友だちなら、それができるかもしれない。

わたしは、かあさんの部屋に入った。

「かあさん、フォジアおばさんとマリアムおばさんが、赤ちゃんに会いにきてくれたよ」

「今はむりだわ」声に、はりがまったくない。うす暗い部屋のなかでも、目の下に濃《こ》いくまができているのがわかった。このくまが消える日は、来るのだろうか。

ルブナは、おくるみにきつくまかれ、すやすやとねむっている。ルブナ……勝手にそうよんでいるだけで、正式にはまだ決まっていない。わたしもシーマもラービアもサファも、一歳《さい》になってようやく名前をもらった。それまで生きていられますようにという、かあさんの願かけみたいなものだ。わたしは、赤ちゃんをそっとだきあげ、腕《うで》のなかでやさしくゆらした。

「ちょっと顔を見に来ただけだと思う。部屋をかたづけたら、なかに入ってもらうよ」

「ごめんね。なんだか頭がぼうっとしていて。じきに治ると思うから」かあさんは、手をのばし、わたしの腕《うで》をなでた。

「うん、わかってる」どうにかそれだけ言う。

わたしにふれたとき、かあさんの手首で金の腕輪《うでわ》がぶつかりあい、チリンと音をたてた。とうさんと結婚《けっこん》したときに、持参品として実家から持ってきた腕輪《うでわ》で、かあさんの持っているいちばん高価《こうか》なものだ。かあさんは、二、三週間前にくらべ、ひとまわり小さくなったように見えた。

窓《まど》のカーテンをあけ、床《ゆか》に散らばった服をひろいあつめる。それから、おばさんたちをよんだ。

「どうぞ入ってください」

わたしは、なるべく時間をかけてチャイをいれた。紅茶《こうちゃ》の葉にシナモンなどのスパイスを加えてお湯でゆっくりと煮出《にだ》し、たっぷりのミルクと砂糖《さとう》を少しずつ加えていく。それから、ビスケットをお皿にならべ、木のトレーにのせた。トレーを持って部屋にもどると、おどろいたことに、かあさんは起きあがって、おしゃべりをしていた。

「まったくひどいね。かわいそうに」フォジアおばさんが言った。

「どうしたら立ちなおれるのか。そもそも立ちなおれるものかどうか」とかあさんが返す。

わたしは、かあさんをまじまじと見た。出産したばかりのときならまだしも、いまだに女の子が生まれたことをそんなふうに思っているなんて。

「ムニラさんとこは、もう終わりだよ。あのお方に、オレンジ畑をまるこげにされちまうなんて」フォジアおばさんは、そうつづけた。

「子どもたちがマッチで火遊びしていたのが原因《げんいん》だって、聞いたけどねえ」とマリアムおばさん。

「そりゃそうさ――あのお方のことをおおっぴらに非難《ひなん》する人がどこにいる？　言っとくけど、あの人はいつかきっと、まちがった相手をきずつけるよ。こういうことは、めぐりめぐって自分のところに返ってくるもんさ」

「それでも、ここ一帯をとりしきっている人だから、罰《ばつ》を受けることはないでしょうね」かあさんが言った。

にぎりしめていたこぶしがゆるんだ。赤ちゃんのことじゃない、大地主一家について話していたのだ。

「こんなことを言う自分が信じられないけど、大だんなさまのころのほうが、まだましだったよ」フォジアおばさんは言った。「そりゃ、カーンさまも、さんざんおそろしいことを言ったけど、じっさいにやったことはない。村人たちをそこそこらしめてはいたけどさ。ところが、息子のジャワッドさまときたらどうだい？　やりたいほうだいだ。人をいじめるのが楽しくてしょうがないんだよ」

「借金さえしなければ、手は出されませんよ」かあさんが言う。

「問題は、借金がない人はいないってことだねえ」マリアムおばさんが口を入れた。「だれもが、あの一家のきたないお金を必要としてる。みんなで力を合わせて立ちむかえば、なにかが変わるかもしれないけどねえ。近ごろ、そういう――村人たちが手をむすんで、地主をやっつける――ことがふえてきたそうだよ。よく新聞に出てる」

「あの一家は、あたしらにそんなことは、ぜったいにさせないよ。ハザラバード村がどうなったか知ってるだろ？」フォジアおばさんはつづけた。「あの村の人たちは、たがいに相談して決めたんだ。ジャワッドさまが横暴《おうぼう》なふるまいをやめないかぎり、借金は返さないってね。ムニラさんがうしなったのは、ほんのちっぽけな畑さ！　ハザラバード村は、まるまる焼きつくされたんだから。オレンジ畑も綿花畑《めんかばたけ》も、今じゃ見る影《かげ》もない。ジャワッドさまは、自分にさからえばどうなるか、はっきりとしめしたわけだ！」

かあさんは、床《ゆか》からティーカップをとり、口元に運んで少しだけすすると言った。

「あの一家が住んでいるのが、村の反対側でよかった」

わたしは、からになったティーカップをトレーにのせた。ジャワッドという人にも、大地主一家のひどいおこないにも、たいして興味《きょうみ》はなかった。かあさんが話している人は、悪魔《あくま》そのもののような人だな、と思ったていどだ。そんなことより、わたしは、かあさんが紅茶《こうちゃ》を飲んでくれてうれしかった。これは、きっといいきざしだ。

台所に向かうと、ちょうど帰ってきたとうさんが、玄関《げんかん》の敷物《しきもの》の上で靴《くつ》をぬいでいた。

「フォジアおばさんとマリアムおばさんが来てるよ。かあさんも、チャイを飲みながらおしゃべりしてる。わらってた」わたしは、うれしくてたまらなかった。

「それはいい知らせだ！　よくなってきた証拠《しょうこ》だな」とうさんは言った。

どうして、もっと早くかあさんに友だちを会わせなかったんだろう？　自分の部屋にもどり、クローゼットにかかった制服《せいふく》に指をすべらせた。しわひとつなく、わたしに着られるのを待っている。あと二、三日すれば、袖《そで》を通せるかもしれない。

「アマル」とうさんの声がした。ドアから、こちらを見ていた。「さっきは期待させるようなことを言ってしまった。かあさんが友だちと会う気分になったのは、いいきざしにちがいないが、家を切りもりできるくらい回復《かいふく》するには、もう少し時間がかかるぞ」

「でも、もしかしたら――」

「いいや、アマル、すまんが、このままでやっていくしかない」

ほんとうにそうだろうか。もしわたしが男の子だったら、家にこもって洗濯物《せんたくもの》をたたんだり、アイロンをかけたりしているだろうか。もしわたしが息子だったら、とうさんはそんなにかんたんに夢《ゆめ》をあきらめさせるだろうか。

玄関《げんかん》を飛びだし、前階段《まえかいだん》に腰《こし》をおろした。かあさんは、女の子も教育を受けるべきだとかたく信じている。かあさんが元気になりさえすれば、なにもかもが元どおりになるのに。

「見て、見て！」ハフサが、弟の自転車をこいでやってきた。サンダルをはいた足をズズッと地面にこすって、ゆっくりと止まる。

「また自転車に乗ったりして、親は知ってるの？」

このあたりのおとなは、女の子が自転車に乗るとまゆをひそめる。ハフサの親もそうだ。

「弟たちが乗るんだから、あたしも乗るよ。それに、ひょっとしたらあたし、第二のゼニス・

イルファンになるかもしれないでしょ。パキスタンを横断《おうだん》するのだ！」

「あの人が乗ってるのは、バイクだけどね」

「似《に》たようなものでしょ」

近くの原っぱでクリケットをやっている子どもたちの声が、ただよってきた。

「その後、シーマ先生の授業《じゅぎょう》はどう？」ハフサはたずねた。

「えらそうにしちゃって、たいへんだよ」わたしは、クスッとわらった。「つづりのテストでは、いくらたのんでも、問題を一度しか言ってくれないんだから」

「シーマらしいね」ハフサも、わらった。

「サディア先生は元気？　ベルは買ってあげた？」

「うーん、まだ。アマルは元気か、って毎日きかれる。なんてったって、アマルは先生のお気に入りだからさ」

「そのお気に入りの座《ざ》、ゆずってもいいよ。とうぶん学校にはもどれないって、とうさんに言われたから」わたしは、のどにこみあげてきたかたまりを飲みくだした。

「そんな！　もどってこなきゃ。いっしょに大学に行くんでしょ？　知らない人とルームメイトになるのはいやだよ」

「とうさんの気が変わることをねがうしかないかな」

「ねがう？」ハフサは、顔をしかめた。「うちのとうさんが、あたしの教科書や制服《せいふく》にかかるお金をしぶってないと思う？　家にいるよりは、学校に行ってるほうが頭痛《ずつう》の種が減《へ》るって、それくらいに思ってるだけ。アマル、ねがってるだけじゃだめ！　おとうさんがいいって言うまで、たのみつづけなきゃ」

ハフサが帰ったあと、もう一度考えてみた。そのとおりかもしれない。なにか作戦を考えなくては——その一方で、かあさんがよくならなければ、どんな作戦を立ててもむだだということも、わたしにはわかっていた。

10

あくる日の午後、また明かりが消えた。天井《てんじょう》のファンが、ゆっくりと動きを止める。いつもの停電だ。汗《あせ》がふきでて、額《ひたい》がかゆくなる。

学校から帰ってきたシーマは、ラービアとサファを捕獲《ほかく》しようとがんばっていた。妹たちのさけび声が、コンクリートの床《ゆか》にはねかえり、頭にひびく。

けっきょく、きのうとうさんが言ったことは正しかった。フォジアおばさんとマリアムおばさんとのおしゃべりは、魔法《まほう》の薬ではなかったのだ。かあさんは、今朝もカーテンをしめたまま、部屋にこもりきりだ。ようすを見にいっても、ひとこと話してくれればいいほうだった。

よくなってなど、なかったのだ。

一生、よくならないのかもしれない。

ほんの少しでいいから、うちをはなれたくなった。

市場へ行こうと思いたち、お金を数える。

ちょうど、シーマは、わたしに背《せ》を向けていた。

「もう、なにやってるの！」小麦粉だらけのサファをどなっている。

代わるよ、そう言ってあげたかったが、ことばは口から出てこなかった。

ほんの少しのあいだ、妹たちに袖《そで》を引っぱられずに、静かなひとときをすごしても、ゆるされるだろう。一度ぐらい。

シーマのうしろを、そっと通って外に出る。

市場に行くだけだが、きちょうなひとりの時間だ。

トラクターの音、自転車のベル、クリケットをやる子どもたちの声。通りのざわめきに、むしろ心は落ちついた。

どの店も屋台も、知っている。看板《かんばん》を見るだけで、おかみさんや子どもたちの顔がうかぶ。でも今日は、屋台の売り物にさわらないよう小さな手をにぎりしめる必要もないし、道ばたに止まっている三輪タクシーのリキシャに細い足がぶつからないよう気を配る必要もない。

何百回も歩いてきた道が、まるで初めて見るもののように感じられた。この時期にしては強い日ざしでさえ、わたしの心をうきたたせる。

ハフサのおとうさん、シャウカットおじさんの八百屋さんは、大にぎわいだった。近所の人たちが通路をうめ、思い思いに野菜やくだものを品定めしている。

「どうして、こんなに混《こ》んでいるんですか？」近所のおばさんにたずねてみた。

「とれたてのくだものが、とどいたばかりなんだってさ。ザクロにココナツ、それにりんご……」おばさんは、片手《かたて》をひらひらさせてお客さんをしめし、もうかたほうの手に持った新聞で顔をあおいだ。「ターメリックを買いにきただけなんだけど、まさかこんなに混《こ》んでるとはね。ただで配ってるのかと思ったよ」

わたしは、人ごみをおしわけて、おくへと入っていった。タマネギとりんごの横のかごに、ザクロがふたつのこっていた。赤くて、あまくて、おいしいザクロ。持ってきたお金を数える。ひとつだけ、よぶんにものを買えそうだ。ちょっとしたものでいいのだ。自分だけのものがほしい。

わたしがザクロをひとつつかむと同時に、べつの女の人がもうひとつをつかんだ。顔見知りの人が、いたんだズッキーニとカボチャを値切《ねぎ》っている。わたしは、タマネギをひと山とショウガを手にとり、その人をさえぎって、しはらいをすませた。

かばんをななめにかけ、土ぼこりのまう道にもどる。手のなかにある赤いくだものの感《かん》触《しょく》をたしかめた。もしかしたら、このザクロは、これからいいことが起きる印かもしれない。にがみのあとにやってくる、やさしいあまみ。オマールとシーマにも分けてあげよう。これでなにかが解決《かいけつ》するわけではないけれど、そんなことを考えて、わたしはうれしくなった。

今でも、そのときに感じたしあわせな気持ちをおぼえている。

その直後、わたしの世界は一変した。

わたしは、通りに立っていた。

次の瞬間《しゅんかん》、うしろにはねとばされた。

車。窓《まど》がスモークガラスの黒い車だった。どうして、気づかなかったのか。どれだけぼんやりしていたのだろう。

車のドアがあき、足音が近づいてきた。

見上げると、そこには、ひげのない顔があった。髪《かみ》は短く切りそろえられ、目は濃《こ》いサングラスにかくれていた。

道ばたに人だかりができた。シャウカットおじさん、肉屋さんのおかみさん、近所のおばさん、市場のお客さんたち。どうして、だれも助けてくれないの？　この見も知らぬ男を見つめるばかりで、だまっているのはなぜ？

よろよろと立ちあがった。両手がすりむけ、血が出ていた。かたほうの足が、がくがくとふるえたが、どうにか立っていられた。歯を食いしばりながら、道のあちこちに転がったショウガとタマネギをひろいあつめ、かばんのなかに入れた。

「気をつけてくれ」その男はそう言うと、地面からわたしのザクロをひろいあげた。近づいてくる。

「けがは？　どこに住んでる？　送ってってやる」

わらっていた。見たこともないほど真っ白な歯だった。

「だいじょうぶです」わたしは、チャードルを頭にかぶせなおし、顔をそむけた。それから、その場を立ちさろうとして、男がわたしのザクロをまだ手にしていることに気づいた。

男が、わたしの視線《しせん》をたどり、自分の手元を見る。

「ああ、これか。母の大好物なんだ。もらってもいいだろ？　金ならはらう。それで、もっとたくさん買えよ」

「最後の一個《いっこ》だったんです」

「これで足りるか？」男は、お金をひとつかみとりだした。

どういうつもりだろう？

わたしを物ごいだと思っているのだろうか？

なんでもお金で買えるとでも？

あきらめなさい。頭のなかで、かあさんの声がした。たしかに、この男はどこかおかしい。

ザクロはあきらめて、さっさと立ちさったほうがいい。でも、わたしには、赤いザクロしか見えなくなっていた。この男が、自分のものであるかのように、にぎっているザクロしか。

わたしの夢《ゆめ》にぜんぜんとりあってくれないとうさんの顔が、頭にうかんだ。世話ばかりかける妹たちの顔が、頭にうかんだ。ふいに、なにもかもがいやになった。自分の無力さがいやになった。自分の望みを否定《ひてい》するのも、もううんざりだ。まわりの望みにこたえるばかりではないか。この男もそうだ。お金を使って、わたしのこんなささやかなよろこびさえ、うばおうとしている。

「売り物ではありません」

「そうか、ただでくれるってのか?」男は、見くだすように、にやにやした。

すりむけた手が、ひりひりする。

「人を車ではねておいて、そのうえ、ものをとりあげようというんですか?」声がふるえ、どんどん大きくなっていった。自分の声ではないみたいだ。「返してください!」

わたしは、男の手からザクロをうばいかえした。

まわりで見ていた人たちが、ざわついた。わたしは歩きだした。

「待て!」男の声が、市場にひびきわたる。

わたしは立ちどまらなかった。

早足で角を曲がり、それから、全速力で走りだす。

市場から遠ざかるにつれて、気分が悪くなってきた。

あの男はだれ?

わたしは、いったいなにをしてしまったのか。

11

あくる日の朝、玄関《げんかん》のドアをたたく音がして、わたしの心臓《しんぞう》がはねあがった。きっと、濃《こ》いサングラスをかけた、あの男が来たのだ。こわごわドアをあけると、フォジアおばさんだった。今日は手ぶらだ。きのうのことをきかれるのを覚悟《かくご》した——うわさになっているのなら、フォジアおばさんがだれよりも先に耳にするはずだ。ところが、おばさんは、わたしにはほとんど目もくれず、かあさんの部屋へまっすぐに向かっていった。

わたしはドアの前をうろうろしながら、おばさんとかあさんが、ルブナについて話すのを聞いていた。どうすれば赤ちゃんの鼻づまりが治るか話しあっているけれど、いつおばさんの口から、きのう市場で起きたあのことが語られてもふしぎではない。

でも、けっきょくおばさんは最後にこう言った。

「赤んぼに薬を買ってきてあげるよ。ちょうど、市場に行こうと思ってたんだ。だいぶ調子がもどってきたみたいでよかった」

おばさんは立ちあがると、目の前を通りすぎ、帰っていった。

どうして、あの話が出なかったのだろう？　わたしは、よけいな心配をしていただけなのかもしれない。

いずれにしても、わたしは学んだ。これからは言われたことを守ろう。妹といっしょでなければ、このうちを一歩だって出ないようにしよう。


「これ、読んで」午後になると、ラービアが服を引っぱった。絵本を腕《うで》にかかえている。

その日も、朝から家事のしどおしだった。床《ゆか》をモップでふき、壁《かべ》をこすってよごれを落とした。洗濯物《せんたくもの》をたたんで引き出しにしまい、夕食に使うタマネギをみじん切りにした。

ラービアとサファァとならんで長椅子《ながいす》に腰《こし》をおろす。ラービアのえらんだ絵本を見て、口元がゆるんだ。何年も前に、とうさんがラホールへ行ったときに、わたしに買ってきてくれた絵本だったからだ。

「この絵本は、むかしアマルおねえちゃんのものだったって、知ってる？」わたしはたずねた。

「知ってる！　だから大好きなの！」ラービアは言った。

それは、かごいっぱいのネズミたちを育てる子ネコの話だった。ネズミたちが、子ネコかあさんにしかられて、ちりぢりになってにげる場面では、妹たちといっしょにわたしまでふきだしてしまった。

読み聞かせに夢中《むちゅう》で、玄関《げんかん》がいきおいよくあいた音にも、シーマが家に飛びこんできたことにも気づかなかった。シーマは、わたしの腕《うで》をつかみ、台所に引っぱると、間をおかずに言った。

「おねえちゃんのこと、うわさしてるよ」

「だれが?」

「村の人たちみんな。きのうあったことだよ」

くわしくたずねようとしたとき、また玄関《げんかん》のドアが、いきおいよくひらいた。とうさんだった。

「まさか、ほんとうじゃないだろう? たのむから、うそだと言ってくれ」とうさんの額《ひたい》を汗《あせ》が流れおちる。

「ごめんなさい」わたしは、しおれた声で言った。

「アマル……」とうさんの腕《うで》が力なくたれた。「おおぜいの人の前で、ジャワッドさまにたてつくとは……なんということを」

ジャワッドさま?

口のなかが、砂漠《さばく》のようにかわく。

悪名高いカーン氏よりもひどい人だと、フォジアおばさんは言っていた。

わたしは、そんな人をどなってしまったのか。しかも、おおぜいの人の前で。

「ジャワッドさまが、今週の金曜日に話をしにくるそうだ。部下のひとりがこのメモを持ってきた」とうさんは、しわくちゃになった紙を見せた。「初めは、なんのことだかわからなかったが、うちの農夫たちが教えてくれた」

「と、とうさん。すぐに話すべきだった。でも、あの人が車でわたしを……はねたんだよ。市場からの帰り道をただ歩いてただけなのに。放っておいてくれなかった。家まで送ると言いだした。わたしのものを勝手にとりあげて、返そうとしなかった！」

「かばんごととりあげられたっていい！　なんでも、だまってさしだすんだ。あの人に求められたら、足元に置き、あやまって立ちされ！　あの一家は、自尊心《じそんしん》を満たすためならなんでもする。とくにジャワッドさまはな！　このことで、うちがどんな目にあわされるか」

「あなた、そこまでにしてくださいな。ラービアとサファが、おびえてますよ」

かあさんがベッドから起きあがっていることに、すぐには気づかなかった。赤ちゃんを腕《うで》にかかえて、寝室《しんしつ》のドアの前に立っていた。

「おまえは、娘《むすめ》がなにをしでかしたか、わかっているのか？」とうさんがどなる。

「あの人がだれだか知らなかったの」わたしは、消え入るような声で言った。

「相手がだれだろうと関係ない。人前でどうふるまえばいいか、そんなことも知らんのか？

ほんの一分、口をとじていられなかったばかりに、一生、苦労することもあるんだぞ」

「どなっても、なにも解決《かいけつ》しませんよ。落ちついてから、あらためて話しあいましょう」かあさんが言った。

「不公平だよ」涙《なみだ》が、ほおをつたいおちた。「車ではねたのは、あの人なのに。ものをとったのは、あの人なのに。それなのに、どうしてわたしがせめられるの？」

「世の中は、いつだって不公平だ」とうさんは、頭をふった。「アマルは字も読めるし、中国の首都も知っている。だが、世の中の仕組みをわかっていない。あの人がどんな罰《ばつ》をわれわれにあたえるか、想像《そうぞう》もつかんよ」

「あんなささいなことに、ひどい罰《ばつ》はあたえないでしょう？」わたしはきいた。

「あの男は、もっとささいなことに、おそろしい罰《ばつ》をあたえてきた」

すべては、たったひとつのザクロをめぐって起きた。そのザクロは、まだ手をつけられることなく、ベッドの下のかばんのなかに入っている。車からおりてきたあの男の姿《すがた》が、頭にうかんだ。不自然なほど白い歯。短く切りそろえられた髪《かみ》。蜜《みつ》のようなあまさから一転、暗く冷たくなる声。

今までなんども耳にした話を、思い出さずにはいられなかった。シャウカットおじさんは、あの一族の名前を言ったあと、口をきっと引きむすんだ。フォジアおばさんは、ジャワッドは罰《ばつ》をあたえるのが好きで、自分勝手な理由で村をまるごと灰《はい》にしたと言った。
ならば、わたしには、いったいどんな罰《ばつ》を考えつくのだろう。

12

太陽が地平線から顔をのぞかせると、わたしはベッドからぬけだした。ここ二日、ろくに寝《ね》ていない。あした、ジャワッドが来る。

台所に入り、目をしばたたいた。またかあさんが、ベッドから起きあがっていた。以前のように、低い丸椅子《まるいす》にすわって、バターたっぷりのパラーターの生地をこね、朝食のしたくをしている。腰《こし》までとどく長い髪《かみ》が、ふわふわと肩《かた》にこぼれている。

「アマル、ずいぶん早起きね」かあさんの目は赤く、肌《はだ》はあれていた。

「ごめんなさい」罪《つみ》の意識《いしき》が、心ににごった水たまりをつくる。

かあさんは、小麦粉だらけの手をふき、立ちあがった。

「あやまるのは、かあさんのほうよ。ずいぶん長いあいだ、母親をさぼっていたわ」

「ううん、かあさん、そんなこと言わないで」

「アマルはいちばんおねえさんだけれど、まだ子どもよ。かあさんにもよくわからない。ここ一か月、深い井戸《いど》に落ちてしまったような気分だったの。どこを向いても真っ暗でね。赤ちゃんを産むたびに、そうなるのよ」

「わたしたちが女の子だから……」

「えっ？　それはちがう」かあさんは、両手でわたしの手をつつみこんだ。

「わたし、あの場にいたんだよ。かあさん、泣いてた。男の子がほしかったから」

「そうね、ほしかったわ」かあさんは、ため息をついた。「でも、だからといって娘《むすめ》たちを愛していないことにはならない。アマルたちは、かあさんの一部よ。愛さずにいられるもんですか」

「どうして、みんな男の子をほしがるの？」

「親が歳《とし》をとったら、だれがめんどうを見てくれる？　畑仕事をするのは？　おじいちゃんの夢《ゆめ》を引きつぐのは？」

「わたしができるよ。シーマとふたりで」

「アマルは、いつか結婚《けっこん》して新しい家族のところへ行ってしまうでしょう？」

「でも、かあさんたちと縁《えん》が切れるわけじゃない！」

「だといいけれど、現実《げんじつ》は、そうはいかない。娘《むすめ》を愛していないわけでは、けっしてないのよ。どの子も、心からいとおしく思ってる」

「かあさん、うちの家族はどうなるの？　わたしのあやまちのせいで」

「心配しないで。なんとかしますよ。かならず」

とうさんや妹たちがまだ寝《ね》ている朝早い時間に、こうやってよくかあさんとおしゃべりをしたものだ――ふたりきりで話せるのは、このときくらいしかなかったからだ。学校で学んだことや、友だちとのあいだで起きたちょっとしたさわぎについて話をする。今回のことをなんとかできる人がいるとしたら、かあさんしかいない。いつだって、かあさんは、どうすべきかを知っている。


オマールとシーマが学校から帰ってくると、わたしたちは裏庭《うらにわ》に出て、金あみでできたニワトリ小屋のかげに集まった。

「なんどもくりかえし考えてるのに、あの人にどんな目にあわされるか、見当もつかない」わたしは言った。

「なんにもしないよ」シーマは答えた。「なにかしようと思ってるなら、もうとっくにしてるはず。みんな言ってるよ――あの人は考えないで、すぐ行動するって」

「でも、今まであの人がやってきたことといったら……」

「うわさ。どれもうわさだよ」

わたしは、オマールに目をやった。ところがオマールは、地面に靴《くつ》のかかとをこすりつけるばかりで、目を合わせようとしない。

灰《はい》になったムニラさんの畑のことを、わたしは言いだせなかった。シーマの気持ちをだいなしにしたくなかったからだ。

それに、口にすると現実《げんじつ》になりそうでこわかった。

「心配ないって」シーマはそう言うと、わたしの肩《かた》に腕《うで》を回した。「あしたの今ごろには、なにもかも終わってるよ」

13

あくる日の朝、玄関《げんかん》のドアをはげしくたたく音がして、家じゅうがこおりついた。

わたしとシーマは、ベッドの上で体を起こした。昨夜のうちに、もぐりこんできたラービアとサファもいっしょだ。サファは、なにか言おうとしたが、わたしとシーマの顔を見て口をとじた。

玄関《げんかん》のドアがきしんだ音をたててひらく。足音がひびきわたる。

わたしは、部屋のドアに耳をおしあてた。

「ようこそいらっしゃいました。光栄です。ただいま妻《つま》にお茶を用意させますので」とうさんの声だ。

「お茶を飲みに来たんじゃない。あんたの娘《むすめ》のことで来た」あの声がした。あの日市場で聞いた冷たい声だ。

背中《せなか》に氷水を浴びせかけられたかのように、ぞっとした。

「若《わか》だんなさま、このたびは、とんだ無礼をいたしました。どうか、娘《むすめ》のおろかなあやまちをおゆるしください」

「ゆるせだと？　あの仕打ちをゆるせと言うのか？　まあ、今回の件《けん》についてはこっちにも責任《せきにん》がある。以前にくらべると、ここらの管理が手うすになっていたからな。人間は、見ないもののことをわすれるものだ」

「とんでもありません。ジャワッドさまには、一生のご恩《おん》を感じております」

「あたりまえだ。で、こういう状況《じょうきょう》になってしまったからには、回収《かいしゅう》するしかなさそうだ」

回収《かいしゅう》？　どういう意味だろう。

「若《わか》だんなさま、おねがいです。返したくても返せないのです。ごぞんじでしょうが、うちにはよゆうがありません」

まさか。そんなはずはない。かあさんがくりかえし言うことばがある――自分が負える以上の責任《せきにん》を負ってはいけません、だれにも借りをつくってはいけません。ジャワッドのような人にお金を借りるなんて、まさか、とうさんがそんなことを。

「お金があるなら、今すぐにさしだします。でも、ないものはないのです」

「なら、あんたの娘《むすめ》でいい」

長い沈黙《ちんもく》がつづいた。

「おっしゃっている意味がわからないのですが」ようやく、とうさんが口をひらいた。

「娘《むすめ》を屋敷《やしき》に住まわせ、おれに仕えさせる。あの娘《むすめ》に、あんたの借金を返してもらおうじゃないか」

「し、しかし、あの子は、まだ子どもです」とうさんは、つっかえながら言った。

「ゆるしてやりたいのはやまやまだが、この件《けん》を見すごしたら、次はだれに無礼なまねをされるかわかったもんじゃない」

「しかし、娘《むすめ》をそのような形でわたすことはできません」

「ほかの使用人と同じようにあつかってやるよ。それ以上でも以下でもなく。それに、年に二回は家に帰してやろう」

わたしは、ドアからあとずさった。聞きちがいだ。きっとそうだ。でも聞きちがいなら、どうしてシーマはわたしを幽霊《ゆうれい》でも見るような目で見ているのだろう。シーマに手まねきされ、ふたたびドアに耳をあてる。

「二、三日、考える時間をやる。だが、これよりいい方法があると思うな」

玄関《げんかん》のドアがひらき、そしてしまった。車のエンジンがかかる。タイヤが砂利《じゃり》をふみつける音がした。

部屋が、しぼんでいく。

おしつぶされそうになる。

わたしは、台所の勝手口をおしあけて裏庭《うらにわ》へ飛びだし、サトウキビ畑で働いている農夫たちのあいだを走りぬけた。トラクターの音が、あっという間に遠ざかっていく。

「おねえちゃん！　待って！」シーマが追いかけてきた。

でも、わたしは、止まらなかった。遠くへ行けば行くほど、運命からのがれられる気がして、走りつづけた。

14

「わたしが生きているうちは、ぜったいにそんなことはさせません」のどからしぼりだすような、かあさんの声が聞こえた。

わたしはラービアとサファといっしょに、とざされた寝室《しんしつ》のドアの前をうろうろしていた。二日前にジャワッドがこの家に来てから、とうさんとかあさんは、ずっと言いあらそっている。

「おまえの口ぶりといったら、まるでほかに方法があるみたいじゃないか。おれたちふたりの娘《むすめ》だぞ、大切に決まってる。だが、現実的《げんじつてき》になれ」とうさんが言った。

「ほこりをすてろと言うんですか？　女中などやらせたら、あの子の将来《しょうらい》はどうなります？　下の子たちは？　まだおさないといっても、先のことを考えてやらなくては。そんな屈辱《くつじょく》を受けた家族の娘《むすめ》を、だれがお嫁《よめ》にもらってくれますか？」

「村の年寄《としよ》りたちとも話をした。近所の人たちは同情《どうじょう》こそすれ、だれもうちの家族を悪くは思っていないそうだ。下の子どもたちにも、なんの影響《えいきょう》もない。それに、アマルは、畑仕事をやらされるわけじゃない。屋敷《やしき》で働くんだから、まだいいだろう。それに、ジャワッドさまは、あの子をきずつけるようなことはしないと約束してくれた」

「約束？　ああいう人は、気分次第で言うことがころころ変わるんです。だいたい、あの人に約束を守る義務《ぎむ》がありますか？　ひとこともわたしに相談せずに、あの毒ヘビからお金を借りたのはあなたです。あなたがどうにかしてください」

「おまえは自分がなにを言っているのか、わかってるのか？　五年前、大雨で収穫前《しゅうかくまえ》の小麦がぜんぶだめになったときも、昨年、雨がまったくふらずにサトウキビがかれてしまったときも、うちが、どうやって持ちこたえられたと思ってる？　奇跡《きせき》か？　家族を守るために、できることをしたまでだ」

「あの人に借金するくらいなら、死んだほうがましでした。あなたのせいで、借りを娘《むすめ》で返すことになったんですよ」

「ジャワッドさまに借金のない人がいるか？　だいたい、今まで毎月どうにかやってきたんだ。おまえが働かなくなったから、こんなことになったんじゃないのか。家の仕事を子どもたちにまかせっきりしたせいだ。とうぜんの報《むく》いだ」

長い沈黙《ちんもく》が流れた。しばらくして、かあさんのすすり泣きが聞こえた。

わたしは、たまらなくなってドアからはなれ、自分の部屋へもどった。早くシーマが学校から帰ってくればいいのに。日を追うごとに、ますます胃が痛《いた》くなってくる。罪《つみ》の意識《いしき》に、胸《むね》がえぐられるようだ。

部屋のドアが、きしんだ音をたてててひらいた。家族が多いと、ひとりでいられる時間は長つづきしない。なかに入ってきたのは、シーマでもラービアでもサファでもなく、とうさんだった。

とうさんは、ならんでベッドに腰《こし》をおろし、足元をじっと見つめた。最後に話をしたときから、ずっとわたしをさけていたとうさんが、すぐ横で背中《せなか》をまるめ、目に涙《なみだ》をためている。もう、おこってはいない。いつものとうさんだ。

「金を借りたのは、まちがいだった。だが、とうさんも必死だったんだ。あの男は、人の弱みにつけこむのがうまい。次の収穫《しゅうかく》のときに返すつもりだったんだが、借金はどんどんふくらんでいった。前の借金を返すために、新たに借金をした。時間をかけて返せばいいと言われたよ。心の広い人だと思った。だが、今になってわかった。そうやって村人たちを一生言いなりにさせるのが、あの一家の手だ」とうさんが、わたしをじっと見る。「このちっぽけな土地を手に入れるのに、アマルのおじいちゃんがどれだけ苦労したか知ってるか?」

「知ってる」

「とうさんがおまえくらいの歳《とし》だったころの話だ。生活を切りつめるだけ切りつめて、何か月も満足に食えないときがあった。おじいちゃんは、他人の畑ではなく、自分の畑をたがやしたかったんだ。自分の土地なら、次の世代にゆずりわたせるからな。とうさんはひとり息子だ。だから、この土地とおじいちゃんの思いを守れるかどうかは、とうさんにかかっている。家族の努力をむだにしてしまっていいのか。それは、だれも望まないはずだ」

「でも、とうさん、わたし、行きたくない。一生、うちに帰ってこられなかったら？」

泣きだしてしまったわたしを、とうさんはぎゅっとだきしめた。

「一生帰れないだと？　大事な娘《むすめ》をよそへやったままにするもんか。ジャワッドさまがほしいのは金だ。かならず工面《くめん》する。できるかぎり早く、うちに連れてかえると約束する。とうさんにまかせなさい」

「いつまで？　いつまで屋敷《やしき》にいればいい？」涙《なみだ》をふいてたずねる。

「ほんの二、三週間、長くて一か月だ。それ以上はない」

部屋のすみにある本の山が目に入った。サディア先生といっしょに黒板をきれいにしたのは、ほんの一か月前のことだ。小川で、オマールとならんで、たおれた木に腰《こし》をかけたのも。あのとき、自分は教師《きょうし》になると信じていた。

それらすべては、おじいちゃんが必死の思いで手に入れたこの土地と同じくらい、ゆるぎないものだと思っていた。それが、こんなにもあっけなく、足元からくずれおちるものだったとは。

15

ジャワッドの運転手が、そろそろむかえに来るころだ。

ベッドの横には、スーツケース。かあさんが、結婚持参品《けっこんじさんひん》として実家から持ってきたアルミニウム製《せい》のものだ。そのなかに、かあさんは、衣類、ナッツ、ドライフルーツをぎっしりつめこんでくれた。

部屋のドアをたたく音がして、親友のハフサが入ってきた。ドアをしめ、近づいてくる。

「きのうの夜、ずっと考えたんだけど、アマル、にげなよ。うちにかくれない？」ハフサは、声を落として言った。

「そんなこと、できないよ」

「うちのとうさんとかあさんには、ばれないようにする。あたしのクローゼット、けっこう大きいんだ。まさかアマルがうちにいるとは、だれも思わないよ。かくれているあいだに、これからどうするか考えよう」

「むりだよ。そんなことしたら、わたしの身もあぶないけど、ハフサの身はもっとあぶない」

「それでも助けるのが友だちでしょ。逆《ぎゃく》の立場だったら、アマルだってきっとそうする」ハフサの目に涙《なみだ》があふれた。

「そうだね」親友をぎゅっとだきしめる。「ありがとう。でも、わたしが行かないと、家族がなにをされるかわからない」

それに、いつまでも、かくれてはいられないだろう。ただ、にげればいいというものではないのだ。きっと、うしろをふりかえらずには、いられなくなる。わたしは、ここしか知らない。にげるには、あまりにも深く、この地に根をはっている。

部屋を出ると、フォジアおばさんが、かあさんといっしょに居間《いま》の長椅子《ながいす》に腰《こし》かけていた。ふたりとも、白い綿《めん》のサルワール・カミーズを着ている。まるで、お葬式《そうしき》に参列するようなかっこうだ。

「ひどい人だとは知ってたけど、悪魔《あくま》そのものだったとはね」フォジアおばさんが涙目《なみだめ》になる。

「必要なものは、ぜんぶ持った？」シーマが、わたしにたずねた。

「たぶん。どうやってあの荷物をすべてスーツケースにおしこめられたのか、ふしぎなくらいだよ」

「もうひとつだけ、入るかな？」そう言ってシーマがさしだしたのは、わたしが小さいころ大切にしていた人形だった。かあさんが、娘《むすめ》ひとりひとりにつくってくれた布人形《ぬのにんぎょう》だ。

「見つけてくれたの？」くたくたになった布人形《ぬのにんぎょう》をだきあげ、鼻におしあてる。

「サファになりきって、さがしてみたんだ。クローゼットのなかの古着の山にうもれてたよ」

「ありがとう」わたしはシーマをだきしめた。涙《なみだ》でしめったわたしたちのほおが、ぺたんとくっつく。シーマがいなかったら、とても耐《た》えられなかっただろう。この妹がいれば、ラービアもサファもきっとだいじょうぶ。この妹なら、家族を守ってくれる。

「みんな、泣いてばっか」ラービアに、カミーズを引っぱられた。

起きてからというもの、ラービアとサファは、かたときもそばをはなれようとしない。わたしのカミーズをぎゅっとつかんだままだ。

オマールとパルヴィンさんも、居間《いま》にやってきた。

「そろそろお時間ですか」そう言うパルヴィンさんの顔は、かたくこわばっていた。

会えなくなるのはさみしい。そうつたえたかったけれど、ことばがのどにつっかかって出てこなかった。だから代わりにだきついた。

オマールのこともだきしめたかったけれど、こんなに人がいる前では勇気が出なかった。

「なんかいい方法を思いつけたらよかったんだけど」オマールは言った。「夜どおし考えたんだ。だけど、だめだった。なんにも思いうかばなかった」

「とうさんが、なんとかお金を用意するって約束してくれた。すぐに帰ってくる。長くて一か月だよ」

とうさんの姿《すがた》がないのは、気にしないようにした。

今朝早く、とうさんは部屋に入ってくると、わたしがまだ寝《ね》ていると思って、ベッドわきにしばらく立っていた。それから、額《ひたい》にキスをした。あれはさよならだったのだと、今になって気づく。

家の外に車がとまった。エンジンの音がやむ。

うちのなかをさっと見まわし、使いふるされた椅子《いす》と手づくりの敷物《しきもの》を最後にしみじみとながめた。家族と友人たちの顔も。

ラービアとサファは、まだわたしにくっついていた。ひとりずつだきあげ、そのやわらかいほおに顔をおしあてる。キスを二回、もう一回、まだ足りない。

玄関《げんかん》をたたく音がした。

かあさんは、小さく折りたたんだお金と灰色《はいいろ》の携帯電話《けいたいでんわ》をわたしの手におしつけた。

「フォジアのお古の携帯《けいたい》よ。向こうに着いたら、すぐに連絡《れんらく》してちょうだい。無事を知らせてね」それから、わたしの涙《なみだ》をぬぐった。「気を強く持つんですよ。堂々と顔を上げていなさい。なにが起きようとも、どこにいようとも、アマルはかあさんの娘《むすめ》よ」

わたしは赤ちゃんのルブナにキスをした。そして、最後にもう一度だけ、かあさんにだきついた。これまで、この家をはなれるときは、いつもとなりにだれかがいた。でも今、わたしは、ひとりで出ていく。

玄関前《げんかんまえ》で、サイズの合わないスーツを着た白髪《しらが》の男の人が待っていて、わたしのスーツケースを運んでいった。おじけづく前に、にげだしてしまう前に、その人のあとについて黒い車へと向かう。ドアをあけ、乗りこむ。

初めてのことばかりだった。

初めて、車に乗った。

初めて、エアコンの冷気が顔にふきつけるのを感じた。

そして初めて、これまでのくらしに、さよならをつげた。

16

生まれたときから慣《な》れ親《した》しんできた、茶色と緑色のパッチワークのような大地がすぎさり、うしろに遠のいていく。あたりの景色が、美しく手入れされた緑一色に変わると、車は速度を落とし、玉石をしきつめた並木道《なみきみち》に入った。

遠くに屋敷《やしき》が立ちあらわれたが、高いレンガづくりの塀《へい》にかこまれていて、二階の窓《まど》とバルコニーしか見えない。

ライフル銃《じゅう》を持ったいかめしい顔つきの門番が、鉄門をあけ、車をなかに通す。うしろで重い鉄の錠《じょう》がガシャンとおりた。

白髪《しらが》の運転手のあとについて、大きな屋敷《やしき》に入った。玄関《げんかん》ホールのまんなかに大理石の階《かい》段《だん》がある。運転手は、階段《かいだん》の下に荷物をドサッと落とすと、引きかえそうとした。

「グラームさん、待ってください。なんですか、これは？」ひょろりとしたまき毛の男の子がたずねた。十代なかばだろう。玄関《げんかん》ホールのおくから、こちらをしげしげと見ている。

「さあな。こっちは、ナスリーンおくさまの運転手なんだ。どうして若《わか》だんなさまに用事を言いつけられたのか、さっぱりわからん」運転手は不平をこぼすと、足音をひびかせて出ていった。

男の子は、りっぱなソファのならぶ、玄関《げんかん》ホールより一段《いちだん》低くつくられたリビングに立っていた。すぐそばに、わたしと同じくらいの歳《とし》の女の子もいる。茶色いまっすぐな髪《かみ》をした、あごのとがった子だ。ふたりのうしろには床《ゆか》から天井《てんじょう》までの高さの窓《まど》があった。窓越《まどご》しに、タイルばりのテラスと籐《とう》のソファ、それから広大な庭が見えた。

「ムムターズさんが話してた新入りじゃない？　おぼえてる？」女の子が言った。

「これ以上、人がいるか？」

「ビラル、あたしが知るわけないでしょ」女の子は男の子にそう言うと、こちらを向いてたずねた。「なんの仕事をするか聞いてる？」

わたしは、首を横にふった。

「ムムターズさんはどこ？　あの人なら知ってるはずなんだけど」女の子は、ビラルという男の子にたずねた。

「使用人棟《しようにんとう》にいるだろ」

「連れてってあげてよ」

「ナビラ、おれはこの靴《くつ》をジャワッドさまにとどけなきゃならないんだ。きっと待ってる」

ナビラという名の女の子は、ため息をつくと、そばに来て言った。

「そんなところでぼうっとされたら、あたしらがちゃんと仕事をさせなかったって、ジャワッドさまにどなられるんだ。ほら、ムムターズさんをさがしにいくよ。あの人なら、どうすればいいか知ってるはずだ」

「じゃ、よろしく！」ビラルは、わたしたちを見てうなずき、足早に去っていった。

わたしは、スーツケースを引きずりながら、どうにかナビラについていった。どうしても、まわりに目がいってしまう。屋敷《やしき》は、今まで見たどんな家ともちがった。わが家の天井《てんじょう》は、椅子《いす》の上に立てば手がとどいたが、ここのは、空を見上げるような高さだ。白い廊下《ろうか》の壁《かべ》には、肖像写真《しょうぞうしゃしん》がずらりとならび、大地主一族がいかめしい顔でわたしを見つめている。次から次へ、どんどん広くなる部屋を通りすぎていく。どの部屋も、大理石の床《ゆか》に、ぜいたくな敷物《しきもの》がしかれ、大きな窓《まど》から日の光がふりそそいでいる。

ナビラにつづいて、アーチ型の入り口を通りぬけ、べつの廊下《ろうか》へと入った。そこはうってかわって、目にするものすべてがうす暗く、みすぼらしかった。床《ゆか》は大理石ではなく、打ちっぱなしのコンクリート。母屋《おもや》のすずしい空気は、炒《いた》めたタマネギのにおいのする、むっとした空気にとってかわられた。

とちゅう、歳《とし》をとった男の人とすれちがった。色あせたサルワール・カミーズを着て、ほうきとちりとりを手にしていた。そのあとを、洗濯物《せんたくもの》のかご――ズボンやシャツ、サルワール・カミーズの山——をかかえた女の人がつづいた。

「その腕《うで》、ちっとはよくなったかい？」女の人は立ちどまり、ナビラにたずねた。

「ああ、これね」ナビラが自分の腕《うで》を見る。そのとき初めて、ナビラの左腕《ひだりうで》に白いガーゼがまいてあるのに気づいた。「見た目ほどひどいやけどじゃないんだ。大きなトレーにたくさんのっけすぎちゃって」

「一週間は、ガーゼをしておくんだよ。悪化させないよう気をつけな」

「うん。それより、ジャワッドさまは、何日くらい留守《るす》にするの？」

「夕食後、出かけるってさ。ついさっき、ビラルがでっかいスーツケースを車にのせてたよ。一、二週間は、もどらないんじゃないかね。もっと長けりゃ、いいのに」女の人は、にかっとわらうと母屋《おもや》へと消えていった。

せまい廊下《ろうか》をさらに進むと、ナビラは、ある部屋の前で足を止め、たてつけの悪いドアをおした。ドアは、きしんだ音をたててひらいた。

「あいてるのはここしかないから、たぶんここがあんたの部屋だ」

古びた質素《しっそ》なベッドがあるだけの、窓《まど》のないせまくるしい空間。これは部屋ではない。牢《ろう》屋《や》だ。額《ひたい》に汗《あせ》がふきだす。

「なにしてるんだい？」ふいに声がした。

かあさんみたいに、鼻にリングピアスをした年かさの女の人だった。

「この人が、ムムターズさんだ」ナビラはわたしにそう言うと、今度はその女の人のほうを向いてわたしを指さした。「新しい子が来たんで、ムムターズさんをさがしてました。どこに連れていけばいいのか、わからなくって」

「この子の部屋は、おくさまの部屋のとなりだ」

「ナスリーンおくさまの？」ナビラが目を見ひらく。

「気持ちはわかるが、おくさまのご命令だ」

「でも、なんで？」ナビラがたずねる。

「さあ、なんでかね」ムムターズさんは、わたしのスーツケースをちらりと見た。「とりあえず、それを持って調理場へ行くよ。そこで、ほかの使用人たちと顔合わせするようにとのご指示《しじ》だ。おくさまは、夕食後にお会いくださる」

わたしは、スーツケースを持ちあげ、つのる不安をぐっとおさえた。

「初めのうちはつらいだろうが、そのうちこれが日常《にちじょう》になる」ムムターズさんは、静かに言った。

日常《にちじょう》？

家じゅうにひびきわたるラービアとサファのかん高い声。腕《うで》のなかでねむるルブナの寝《ね》

顔《がお》。オマールが鳴らす自転車のベル。それが、わたしの日常《にちじょう》だった――ところが、今はその
どれもが、夜空の星ほど遠い存在《そんざい》に感じられる。そして、その星々は、わが家に帰る道しる
べにさえなってくれない。

17

ムムターズさんのあとについて調理場に入ると、テーブルほどの大きさのある流しが目に入った。はしからはしまである調理台の上には、蛍光灯《けいこうとう》がいくつもつるされている。おくの窓《まど》は、めいっぱいあいていたが、わずかな風がふきこむていどで、むっとする暑さをやわらげてはいない。窓《まど》のすぐ外にある使用人用のテラスは、母屋《おもや》のメインテラスよりだいぶつつましく、壁《かべ》ぎわに、ぼろぼろの長椅子《ながいす》と丸椅子《まるいす》が重ねて置いてあった。

まだ十歳《さい》にもなっていないくらいの女の子が、タマネギを切る手を止め、わたしを見てほほえんだ。その横で、白い口ひげをはやした男の人が、鍋《なべ》を三つかきまぜている。

「あれからはじめておくれ」ムムターズさんは、流しにあるお皿の山を指さした。

ドアのそばにスーツケースを置き、流しへ向かう。蛇口《じゃぐち》のレバーをさげると、手に冷たい水がいきおいよくかかり、息苦しいほどの暑さをやわらげてくれた。

「警察官《けいさつかん》たちは帰ったかね？」口ひげの料理人がたずねた。

「ちょっと前に」ムムターズさんが答える。

「あの人たちが来たあとに、若《わか》だんなさまに食事を出すのは気が重いよ。料理に、ことごとくケチをつけるんでな」料理人はぼやいた。

「まったくだ。近ごろ、そのせいで、ジャワッドさまはイライラしっぱなしだ」ムムターズさんも言った。

「大だんなさまも大だんなさまだ。あんなに気の短い息子に責任《せきにん》を負わせすぎだ」

「ハーミドさん、あんたはまだいい」ムムターズさんは言った。「ビラルをごらんよ。かわいそうに、ほぼ一日じゅう、ジャワッドさまにお仕えしてるんだから。どんなにたいへんか、あの子の腕《うで》のあざを見ればわかる。あんたは、調理場にこもっていられるんだから、ありがたいと思わないと」

「こんなことを言う日がくるとは思わんかったが、大だんなさまのときはよかった」料理人が言った。

さっきわたしにほほえんでくれた女の子が、大皿にチョレーやビーフコルマ、サフランライスを盛《も》りつけはじめると、ムムターズさんは、食器棚《しょっきだな》から金色にふちどられたクリーム色の陶器《とうき》をとりだした。

「お手伝いします」わたしは、お皿をあらいおえて言った。

ムムターズさんは、コンロわきのお皿に山もりになったケバブをあごでしめした。

「ハーミドさんからケバブをもらって、大皿に盛《も》りつけておくれ」

大皿にケバブをならべ、うちでやっていたようにコリアンダーのみじん切りをぱらぱらとふりかける。

ムムターズさんは、大きなトレーを持ちあげ、わたしにケバブの大皿を運ぶよう合図した。

「ついておいで」

おしゃべりと鍋《なべ》のぶつかる音でにぎやかだった調理場にくらべると、母屋《おもや》はぶきみなほど静かだった。

ダイニングルームに入り、ムムターズさんがサイドテーブルにトレーをのせたのにならって、横に大皿を置く。

「例の娘《むすめ》か、やっと来たな」ジャワッドが言った。サングラスをかけていない目が、わたしをつきさす。

急いで顔をそらした。

ジャワッドのおつきのビラルが、壁《かべ》を背《せ》に立ち、興味深《きょうみぶか》げに観察していた。

「どうだ、ここは気に入ったか?」ジャワッドはつづけた。

強い視線《しせん》に射《い》すくめられ、わたしは動けなかった。深呼吸《しんこきゅう》して。自分に言いきかせる。ひるんではいけない。

「やってきたその日に、こわがらせるとはどういうこと?」そのとき、ダイニングルームに、女の人が入ってきて言った。シルクのサルワール・カミーズを着て、白髪《しらが》まじりの髪《かみ》を頭のてっぺんでひとつに結《ゆ》っている。

ジャワッドは立ちあがり、女の人のほおにキスをすると、その人、ナスリーン夫人を見ながらわたしに言った。

「おかあさまに感謝《かんしゃ》しろ。あの日、おまえが車にぶつかってきたとき、おかあさまもいっしょだったんだ。そうじゃなければ、今おまえはここにいない。とんだ無礼をしたんだ。罰《ばっ》する方法は、ほかにいくらでもあった」

テーブルの上の携帯電話《けいたいでんわ》がふるえ、ジャワッドの注意がそれた。

「行け」わたしを追いはらうしぐさをし、携帯電話《けいたいでんわ》を手にとる。

足早に調理場へもどった。気を晴らすには、なんでもいいから手を動かすのがいちばんだと、かあさんはよく言っていた。じっさいそのとおりで、わたしはいつだって、家の手伝いをして気を晴らしてきた。

ちょうどナビラが、大きな鉄鍋《てつなべ》をコンロから流しへ運ぶのに、てこずっていた。手を貸《か》そうとかけよったけれど、間に合わなかった。鉄鍋《てつなべ》は、ナビラの手からすべりおち、コンクリートの床《ゆか》を打った。すさまじい音が耳をつんざく。鍋《なべ》の中身が、床《ゆか》と壁《かべ》に飛びちった。

わたしは、調理台からふきんをつかみ、かがんでふこうとした。

「やめて」ナビラが言った。

「たいしたことないよ。ふたりでやれば、すぐきれいになる」

「あたしはね、あんたが来る前から、なんでもひとりでやってきたんだ。あんたなんか、早くクビになればいい」

「ナビラ！」ムムターズさんがとがめた。

わたしは、ふきんを手にぶらさげたまま、ナビラを見つめた。ナビラが、鉄鍋《てつなべ》を床《ゆか》から持ちあげ、流しに運ぶ。屋敷《やしき》に来てまだ一時間しかたっていないのに、どうしてもう敵《てき》がいるのだろう？


まもなく、ほかの使用人たちがぞろぞろと昼食を食べにやってきて、調理場はいっぱいになった。そのなかには、使用人棟《しようにんとう》ですれちがった洗濯係《せんたくがかり》の女の人や、わたしをここに連れてきた運転手のグラームさんもいた。わたしは、食器棚《しょっきだな》から陶器《とうき》のお皿を一枚《まい》とりだした。ところがみんなは、べつの棚《たな》から金属製《きんぞくせい》のお皿をとりだす。コップもべつの棚《たな》からとっていた。陶器《とうき》のお皿をそっともどした。心がもやもやするのは、どうしてだろう。べつに、金属製《きんぞくせい》の食器より上等なものを、わが家で使っていたわけではない。でも、うちでは、お手伝いさんのパルヴィンさんもその息子のオマールも、わたしたち家族と同じお皿やコップを使って食事をしていた。ここでは、やとう人とやとわれる人のあいだに、はっきりとした境界線《きょうかいせん》があって、自分がどちら側の人間なのか、わすれてはならないようだ。わたしたちにとって、陶器《とうき》の食器は、あくまで料理を盛《も》りつけたり、あらったりするものであって、使うものではないのだ。

あの女の子が、お皿を一枚《まい》くれた。

「あたしはファティマ。名前を教えて」

「わたしはアマル」お皿を受けとって答える。

「ここに住むことになったの?」

「うん。ほんの少しのあいだだけど」

「このお昼ごはんつくったの、あたしのおとうちゃんなの。料理がとってもうまいんだ。大だんなさまは、おとうちゃんがよそにとられないように、よぶんにお給金をはらってるの。おとうちゃんのコルマは、とくにおいしいんだ」

「わたしの大好物だよ」そう言って、コルマをお皿に盛《も》る。ロティは、焼きたてではなかったけれど、目が回りそうなほどおなかがすいていたので気にならなかった。

「おとうちゃんのニハリは、もっとおいしいの。ときどき、朝ごはんにつくるんだ。今度つくってくれたら、レモンを手に入れてあげるね。どこにあるか知ってるの」

「ファティマ、早く食べないと、ますます冷《さ》めるぞ」父親が娘《むすめ》をよぶ声がした。

ファティマのあとにつづいて、調理場のすぐ横の部屋に入った。使用人たちが輪になり、床《ゆか》にあぐらをかいている。ファティマは、父親のとなりに腰《こし》をおろした。みんな、お皿をひざの上にのせている。

「ほんとかね？　そんなことをする子には、とても見えんがね」男の人が言った。ほうきとちりとりを持って母屋《おもや》へ向かっていたおじいさんだ。

「ほんとだから、今ここにいるんじゃないか。最近の子は、なまいきな口をきくからな。まったく礼儀《れいぎ》がなってない」運転手のグラームさんが、口をもぐもぐさせながら返す。

「若《わか》だんなさまは、あますぎるんだ。うわさがほんとなら、もっとひどい目にあわせるべきだよ」ナビラがわたしを見ながら言った。

調理場にもどり、お皿を置いた。だれだってうわさ話をするのは好きだ――わたしも人のことは言えない――でも、本人の目の前であんなふうに言うなんて。

と、そのとき、ジャワッドがいるのに気がついた。調理場の入り口に立って、こちらをじっと見ていた。

「ひとつ、ききたいことがあってな。あれのどこに、それだけの価値《かち》があったんだ？　おれからうばいかえした、あのザクロにさ」ジャワッドは、にやりとわらった。

この男の前ではぜったいに泣くまいと心に決めていたのに、体はわたしをうらぎった。熱く塩からい涙《なみだ》が、ほおをつたいおちた。立ったままうつむいた。にげたい気持ちを必死におさえた。

わたしは、じっと耐《た》えた。この男が満足するまで。この男が立ちさるまで。

18

夕食のあと、ムムターズさんについて大理石の階段《かいだん》をのぼっていった。二階は、じゅうたんをしきつめた廊下《ろうか》がのびていて、一階と同じくらい広かった。ナスリーン夫人の部屋は、階段《かいだん》を上がってすぐ右にあった。なかに入り、わたしが目にしたのは、白い部屋とクリーム色の寝具《しんぐ》だった。部屋のおくの大型のクローゼットとチェストも、白でそろえられている。化粧台《けしょうだい》の横はバスルームになっていて、とじたドアの下から明かりがもれていた。

ムムターズさんにつづいて、べつのドアをぬけると、次はナスリーン夫人の衣類と靴《くつ》でいっぱいの広い衣装部屋《いしょうべや》だった。そこを通りぬけ、今度は細長い小ぶりの部屋に入る。あわいブルーの壁《かべ》に、ゾウとキリンのもようがついていた。きっと子ども部屋として使われていたのだろう。

「ここがあんたの部屋だ」ムムターズさんは言った。

「ここが？　ここがわたしの部屋ですか？」つい、きょろきょろと見まわしてしまう。

「こういう部屋をあてがわれたくて、あの手この手を使う使用人がうんといることを、おぼえておくんだ。ほら、荷物をほどいたら、ナスリーンおくさまにごあいさつに行くよ」ムムターズさんはそう言うと、部屋を出ていった。

昼前に見た使用人棟《しようにんとう》の部屋が頭にうかんだ。打ちっぱなしのコンクリートの壁《かべ》に窓《まど》ひとつない、息のつまるような部屋だった。ムムターズさんの言ったことは、きっとほんとうだ。この部屋には、エアコンもあれば、青いタイルばりのバスルームもあって、テレビでしか見たことのないような陶器製《とうきせい》の流しに、ぴかぴかの蛇口《じゃぐち》がついている。スーツケースから荷物を出しながらドアに目をやった。このドアの向こうで、わたしを待ちうけているのは、いったいなんだろう。

夫人の部屋にもどると、バスルームのドアの下から、まだ明かりがもれていた。かばんをななめにかけたままであることに気づく。自分の部屋に置いてくるのをわすれた。でも、ちょうどいい、無事に着いたことをかあさんに連絡《れんらく》しよう。ところが、携帯電話《けいたいでんわ》をとりだしたそのとき、ドアをたたく音がして、わたしは飛びあがった。ジャワッドだった。

「もうたいくつしてるのか？」ジャワッドは、わたしの携帯《けいたい》を見て言った。

これからずっと、こうなのだろうか。この男は、屋敷《やしき》じゅうどこでも、こうやってふいにあらわれるのだろうか。

「無事に着いたと、母に連絡《れんらく》しようと思っただけです」

「おまえは、もうおれに仕えてるんだぞ」ジャワッドは、携帯《けいたい》をうばいとった。「ここで快《かい》適《てき》にくらしたければ、そのうしろむきの態度《たいど》をあらためるんだな。農家娘《のうかむすめ》のなまけた生活は終わったと思え」

農家娘《のうかむすめ》のなまけた生活？　うしろむきの態度《たいど》？

ジャワッドの手にある携帯《けいたい》を見つめた。かあさんなら、だまって聞きながせと言うだろう。でも、この男は、わたしを家族から引きはなし、その家族とのたったひとつのつながりをうばった。そのうえ、うしろむきだとせめるなんて、あんまりだ。わたしは、だまっていられなかった。

「なまけたことなどありません。学校にも通って、妹たちのめんどうも見ていました。家族のみんなを助けていました」声がかすれた。「その家族を、あなたはわたしからうばったんです」

ジャワッドは、とつぜん野ネズミがしゃべりだしたかのような顔でわたしを見た。そして、目をいじわるく細めた。

と、バスルームのドアがあいた。

「ジャワッド、なにごとです？」

「この家のしきたりを教えていたんですよ」

「それは、わたくしのやることでしょう？　その役目をうばわれてしまったら、することがなくなってしまいますよ」夫人は、息子に歩みよった。

「それもそうですね」ジャワッドは、母親のほおにキスをした。さっきまで顔にうかんでいた怒《いか》りは、消えていた。

しばらく、ふたりは会話をつづけた。ジャワッドは、これから出発するけれど、ビラルは屋敷《やしき》にのこすから、なまけないよう見はっていてほしいと夫人にたのんだ。それから、「帰りがけにおかあさまのお気に入りの菓子屋《かしや》さんによりますね」とか、「かならず電話しますよ」などと約束していた。そして、わたしの携帯電話《けいたいでんわ》をポケットにつっこみ、部屋を出ていった。家族とつながるたったひとつの命づなを持っていってしまったのだ。

ナスリーン夫人は、化粧台《けしょうだい》に向かうと、ふわふわの椅子《いす》に腰《こし》をおろした。わたしは、どうすればいいかわからず、ただ見ていた。自分からご用をうかがうべき？　それとも、夫人に、なにかもうしつけられるのを待つの？　手は横におろすもの？　それとも、前でそろえたほうがいい？

疑問《ぎもん》が次から次へとわきおこる。わたしは、ドアの前でかたまっていた。

夫人が化粧台《けしょうだい》を指でトントンとたたき、鏡越《かがみご》しにわたしを見て言った。

「手を貸《か》してもらおうかしら」

そばによると、夫人は台の上のブラシをしめすようにうなずいた。

かたほうの手に木のブラシをとり、もうかたほうの手で夫人の髪《かみ》をひとふさすくいとる。

かあさんや妹たちの髪《かみ》なら、数えきれないほどとかしてきたけれど、こういう、家族にするようなことを、まだよく知らない人にするのは初めてだ。夫人の髪《かみ》は、茶色くまっすぐで、ところどころに白髪《しらが》があった。かあさんの髪《かみ》は、夜空のように黒く、肩《かた》にふわふわとかかるくせ毛だ。この前かあさんの髪《かみ》をとかしたときは、からまったところを指でやさしくほどいたっけ。そのときかあさんは、ひざの上でまるくなったサファに子守歌をうたっていた。

かあさんのことを考えると、手がふるえずにすんだ。

「屋敷《やしき》でのあなたの仕事について、ムムターズから説明を受けましたか？」夫人はたずねた。

「いいえ」

「わたくしのおつきですよ。食事を持ってきたり、いろいろと世話をしてもらいます。友人や知人がたずねてきたときは、その人たちの世話もおねがいしますよ。頭痛《ずつう》がするときはマッサージをし、薬を持ってくること。寝《ね》るときは、部屋のドアをあけておくように。わたくしのよぶ声が聞こえないと、こまりますからね。いいですか？」

わたしはうなずいた。

夫人がさらになにか言おうとしたとき、化粧台《けしょうだい》の上の携帯電話《けいたいでんわ》がブルブルと鳴った。

「主人からだわ」そう言って、携帯《けいたい》を手にとる。

この家の主《あるじ》、カーン氏だ。

ジャワッドをおそれるあまり、その存在《そんざい》をすっかりわすれていた。小さいころに夢《ゆめ》でうなされた怪物《かいぶつ》。どこの家の母親も、子どもが食べるのがおそいと、カーン氏がさらいに来るとおどしたものだ。まさに、その本人が寝起《ねお》きしている部屋に、わたしは今、いるのだ。

夫人は、携帯《けいたい》に向かって話しだした。

「てっきり電話するのをわすれているのかと思っていましたよ。今朝、ガザラから電話があってね。わたくしたちの都合に合わせて、ディナーパーティーの日にちを来月に変えてくださったの。行くとつたえておきましたよ」それから、今度は夫の話に耳をすまし、にっこりとほほえんだ。「まあ。政治《せいじ》をわすれる時間があってよかったわ」

夫人は、もうしばらく話をしてから電話を切った。

「主人は、家にいないことのほうが多くてね。上の息子たちとイスラマバードにいるんですよ。あの歳《とし》で政治活動《せいじかつどう》に夢中《むちゅう》になってしまって。信じられる?」

わたしは、ひそかに胸《むね》をなでおろした。少なくとも、むかし悪夢《あくむ》に出てきた人は、ほとんど屋敷《やしき》にいることがないとわかった。

「あなたも、家族とはなれてさびしいでしょう。つらくないはずがないわ」

ジャワッドとちがい、夫人のことばに悪意は感じられなかった。わたしは、すなおにうなずいた。

「気持ちはわかりますよ。もちろんわたくしは、ここに嫁《とつ》いだのだから状況《じょうきょう》はちがうでしょうけれど、家族を大切に思う気持ちは同じです。あなた、ナベイから来たんですってね」

「はい」

「わたくしは、バンウェイの生まれなんですよ」

「バンウェイですか？　うちから歩いて十分もかかりません！　市場をはさんで反対側にあります」

「ええ、そうね。マラリという姓《せい》は聞いたことがあるかしら？」

わたしはうなずいた。名の知れた一族で、この地域《ちいき》にたくさんいる。

「わたくしの一族よ」

そういわれてみれば、夫人の茶色くてまっすぐな髪《かみ》と高いほお骨《ぼね》は、マラリ家の特徴《とくちょう》だ。

「ナジャムとサナは、クラスメイトでした」

「妹の子どもたちだわ。ふたりとも学校では、どうだったかしら？」夫人の目がかがやく。

「よくできました。五歳《さい》のころから知っています」

「利口な子たちですもの。ときが来たら、主人が大学の学費を出すでしょう。ええ、出させますとも。ところで、マスッドさんは、今も八百屋さんをやっているのかしら？　あの人は、父の親友だったんですよ」

「今は息子のシャウカットさんが、切りもりしています」

「シャウカットが？　まあ、残念だわ」夫人の顔がくもった。

「でも、お店は繁盛《はんじょう》しています。値段《ねだん》も高くないですし、野菜もくだものも新鮮《しんせん》なんです」

「そうでしょうね。でも、シャウカットを小さいころから知っているものだから。あの人には、べつの夢《ゆめ》があったんですよ」

まだ子どものシャウカットおじさんが、エメラルドのイヤリングをした目の前の女性《じょせい》に、自分の夢《ゆめ》を熱く語っているところを想像《そうぞう》しようとしたが、できなかった。

「でも……おくさまは、なぜこんなところにいらっしゃるんですか？」

ナスリーン夫人は、クスクスとわらいだした。

体がこわばった。失礼なことを言ってしまった。

「わたくしも、あなたくらいの歳《とし》のころは、よく口をすべらせて失敗したものです。気をつけなさい。息子は、わたくしからユーモアのセンスを受けついでいません」夫人はつづけた。

「主人との結婚《けっこん》は、みんなをおどろかせたわ。この家は、マラリ家の遠い親戚《しんせき》なんですよ。ある親族の結婚式《けっこんしき》で、主人に見初《みそ》められたの。主人の両親は、お金持ちのご令嬢《れいじょう》をお嫁《よめ》さんにもらいたかったようだけれど、主人は末っ子だから、わがままを通せたんでしょうね」

ナスリーン夫人は、今もバンウェイにいる家族の話をしてくれた。共通の知り合いが何人もいた。夫人は気さくで、話せば話すほど、わたしの緊張《きんちょう》はほぐれていった。

この高い塀《へい》のなかで、自分に近い人が見つかるとは、想像《そうぞう》もしていなかったし、とても奇《き》妙《みょう》なことに思えた。

屋敷《やしき》に来て初めて、恐怖《きょうふ》がわずかにうすらいだ。

19

あくる日の朝、最初の仕事は、ナスリーン夫人の朝食をトレーにのせて持っていくことだった。紅茶《こうちゃ》、ジャムをひとすくいのせたトースト、それからうすく切ったりんごだけの軽い朝食だ。トレーやティーカップのしまってある場所は、ムムターズさんがテラスの掃除《そうじ》へ行く前に教えてくれた。チャイポットを火にかけ、トレーにお皿をのせる。ナビラは、流しの横の調理台をきれいにふき、ファティマは床《ゆか》のごみをはきとり、ファティマの父親は野菜を切って冷蔵庫《れいぞうこ》に入れている。

お湯がわくのを待ちながら、窓《まど》の外をながめた。ジャワッドが屋敷《やしき》にいないので、使用人たちはみんな目に見えてのんびりし、テラスはにぎわっていた。掃除係《そうじがかり》のおじいさんは、長《なが》椅子《いす》ですっかりくつろいでいる。洗濯係《せんたくがかり》の女の人も腰《こし》をおろし、仲間の女の子とおしゃべりをしていた。庭師《にわし》のおじさんは、かたほうの手に木ばさみを持ったまま、ほかの男の人たちと紅茶《こうちゃ》を飲みながら、なにやら話しこんでいる。

チャイができあがると、わたしは、ハチドリの絵がついた陶器《とうき》のカップにそそいだ。

ファティマが袖《そで》を引っぱって言った。

「飲んでみる?」

「なにを?」

「チャイだよ。あっちの棚《たな》からカップを持ってきてあげる」

「それは、いけないいんじゃないかな」

「気づかれなければ、だいじょうぶなの。ナビラは、いつもそう言って、こっそり飲んだり食べたりしてるよ!」

「だまりな!」ナビラがファティマをにらみつける。

ファティマは赤くなって、あわてて調理場のおくへにげた。

「あの子は、まだ小さいから。悪気はないいんじゃないかな」わたしはナビラに言った。

「ここに来てまだ一日しかたってないのに、あの子のなにがわかるんだ?」

わたしのなにが気に入らないの? そうききたかったけれど、ことばをのみこんだ。きらいたければ、きらえばいい。今この瞬間《しゅんかん》にも、とうさんはお金をかきあつめているはず。わたしは、すぐにここを去るのだ。

夫人のチャイに砂糖《さとう》をどれくらい入れるのか、ムムターズさんからとくに指示《しじ》はなかった。念のため、切り子ガラスの小皿に角砂糖《かくざとう》を五つのせて、トレーに置く。

「なにしてるの? なんでちゃんとした朝食用のトレーを使わないいんだ?」ナビラが顔をし

かめた。

「ちゃんとしたトレー？　ムムターズさんが教えてくれたところからとったけど」

「トレーは、ほかの場所にもある。おくさまは、金でふちどったピンク色のトレーを朝食に使うんだ。いつもね」ナビラは得意げな顔をして、流し台の下を指さした。

わたしは、流し台へ向かうと、かがんで棚《たな》のとびらをあけ、高級そうなお皿をどかしてトレーをさがした。首をのばして、おくをのぞきこむ。だがトレーはない。いつもとちがうものを使ったら、夫人は腹《はら》を立てるだろうか。

立ちあがると、用意したトレーが調理台の上から消えていた。

「持っていっちゃったよ」ファティマが言った。足を組んで椅子《いす》にすわりながら、ジャガイモの皮をむいている。「ナビラが持っていっちゃった。きっと、おくさまのお部屋に行ったのよ」

あわてて廊下《ろうか》に出て階段《かいだん》をかけのぼり、夫人の部屋に入った。トレーを持ったナビラが、夫人の前に立っていた。

「すみません。いつもどおり、おくさまにめしあがっていただきたかったんです……」ナビラの声はふるえていた。

「でも、あなたは、もうわたくしのおつきではありません。それは、わかっていますね？」

ナビラはうつむき、こくんとうなずいた。

「さあ、もう行きなさい。調理場の仕事がないか、ムムターズにきいて」

ナビラは、ベッドわきのサイドテーブルにトレーを置くと、足早に部屋を出ていった。前を通りすぎるとき、わたしに思いきりひじてつを食らわせて。わたしは、夫人のそばへ行き、チャイに角砂糖《かくざとう》を入れた――二個《こ》よ、夫人は言った。かあさんと同じだ。

「あしたから、角砂糖《かくざとう》を二個《こ》入れて持ってまいります」そう言ってカップをわたす。「それと、トレーのことは、もうしわけありませんでした。もっと気をつけるべきでした」

「ナビラは、新しい状況《じょうきょう》にとまどっているんですよ。あなたが来るまで、わたくしのおつきでしたからね」夫人がチャイをすする。

「そうだったんですか？　なぜ代えられたんですか？」また口がすべってしまった。

「ナビラは、いい子ですよ。でも、まちがいが多いの。こまっていたときに、ちょうどあなたが来たんです。いずれ、わたくしのおつきはやめさせようと思っていました」

トレーを持って階段《かいだん》をおり、調理場にもどって、ナビラのことを考えた。ナビラには、屋《や》敷《しき》に着いた瞬間《しゅんかん》からきらわれていた。その理由が今わかった。わたしの人生は、一晩《ひとばん》で一変した――ナビラの人生も、また。

20

「あたしらみんな、いっしょうけんめい仕事してるんだ。あんたも、ちょっとは働いたら？」屋敷《やしき》に来て一週間がすぎたころ、ナビラに言われた。

ちょうど、ナスリーン夫人が朝食を食べおえ、わたしが、トレーを持って階段《かいだん》をおりているときだった。ナビラは、柄《え》の長いはたきでシャンデリアのほこりをはらいながら、通りすぎるわたしを、いつものいじわるそうな目つきでじろりと見た。

働いているよ――見ればわかることを言いかえそうかとも思った。でも、言ったところで、どうにもならない。ナビラは、わたしを一方的に目のかたきにしているのだ。

ティーカップをあらい、窓《まど》の外を見る。木の枝《えだ》が、風にやさしくそよいでいる。使用人たちが数人、長椅子《ながいす》にすわってくつろいでいる。今日こそ、少しのあいだ外に出て、心地よい風にあたれるかもしれない。

ファティマの顔が、調理場の入り口からのぞいた。

「ナスリーンおくさまが、アマルに今すぐ来てって」

タオルで手をふき、急いで二階へ上がった。さっき部屋を出たとき、夫人はシャワーを浴びるところだった。なにかあったんだろうか。

部屋に入ると、夫人は、クローゼットをじっと見つめていた。青緑色のバスローブを着て、くちびるをきっと引きむすんで。

「アマル、なんてことをしてくれたの？」夫人が、クローゼットからシルクのサルワール・カミーズをとりだす。わたしは、はっと息をのんだ。カミーズのまんなかが大きくこげている。きのうアイロンをかけた四着のうちのひとつだ。念には念を入れて、いちばん低い温度に設定《せってい》し、一時間近くかけて、しわをひとつのこらずのばした。

「こがしたことはもちろん、失敗をかくすとはなにごとです。気づかれないとでも思いましたか？」

「こがす？　でも、おくさま――」

「あなたになら高価《こうか》な衣類もまかせられると思ったわたくしが、まちがっていました。ムムターズにアイロンの使い方をしっかりと教わるまで、わたくしのものには、いっさい手をふれてはなりません。わかりましたか？」

でも、アイロンの使い方くらい知っている。夫人ほどお金持ちじゃないからといって、高《こう》価《か》なものはあつかえないと決めつけないでほしい。夫人の顔を見た。気が変わるとは思えない。なにを言っても、信じてもらえないだろう。

「もうしわけありませんでした」ぽつりと言って部屋を出た。

調理場にもどると、ナビラが言った。

「アイロンのこと、おきのどくさま」

「え？　でもわたしはなにも……」そのあとがつづかなかった。

「あたしなら気をつけるね。おくさまは、失敗を大目に見てはくれないんだ」ナビラは、わたしの体をかすめて調理場を出ていった。

そのうしろ姿《すがた》をじっと見つめた。ナビラのしわざだ！　でも、どうしようもない。ナビラがやったと夫人にうったえたところで、屋敷《やしき》に来てまだ間もないわたしの話は、きっと信じてもらえない。

使用人用のテラスに飛びだし、思いきり深呼吸《しんこきゅう》をして気持ちをしずめた。わが家のサトウキビ畑や、農場の境《さかい》を流れる木立のなかの小川、外の景色は、いつだって心を落ちつかせてくれた。

ところが、ここはちがった。

かんぺきにかりそろえられた芝《しば》を見ていたら、わが家の土の庭が、たまらなくこいしくなった。それに、どんなに美しくても、どんなにいい香《かお》りがしていても、この庭は高さ三メートルのレンガの塀《へい》にとじこめられているのだ。そう、わたしと同じように。

外に出ても塀《へい》を目にすると、自由ではないことを思い知らされる。

「マリクさんとこの娘《むすめ》さんだね？」

わたしを屋敷《やしき》に連れてきた運転手のグラームさんが声をかけてきた。ジャワッドのおつきのひょろりとした青年、ビラルといっしょに、籐《とう》の丸椅子《まるいす》に腰《こし》かけている。ふたりのあいだには、真ちゅう製《せい》の水パイプがあった。

「子どものころ、あんたのおじいさんのところで働いていたことがあってね。サトウキビをかりとったり、小麦を収穫《しゅうかく》したりしたもんだ。あんたをむかえに行ったとき、すぐに思い出したよ」グラームさんは言った。

「この子のうちは、土地を持ってるのか？」ビラルがたずねた。小首をかしげ、わたしをまじまじと見る。

「ありゃあ、少なくとも十ヘクタールはあるな」グラームさんは、うなずきながら言った。

「へえー。それでも、落ちぶれるときは落ちぶれるってわけだ」ビラルは声をあげてわらった。

ずいぶんとかんたんにわらってくれたものだ。そのわらい声は、トゲとなって心につきさった。切れるほどどするどくはなかったけれど、深く食いこみズキズキと痛《いた》んだ。そんなことは、ナビラにじゅうぶん思い知らされている。もうたくさんだ。

わたしは、なかへもどろうと、背《せ》を向けた。

「やだな、おこらせるつもりはなかったんだ。おれたち、そんなにいじわるじゃないぞ、ほんとに」ビラルが言った。

「からかわないでください！　わたしなりに、なじもうと努力してるんです」

「ちょっとからかったくらいでそんなにしょげちまってたら、いつまでたってもなじめないぞ。今日のことは聞いた。どうするつもりだ？」

わたしは、腕《うで》を組んで言いかえした。

「どうもしません。ナビラみたいな人間に成りさがるつもりはありません」

「ぜんぜんなじもうとしてないじゃないか。そんなんじゃ、やられる一方だ。言いたいことは言って、あきらめちゃだめだ。さもなきゃ、一生やられっぱなしだぞ」

「一生じゃありません。わたしはもうすぐ、うちに――」

「だが、今はここにいる。この屋敷《やしき》に」グラームさんが、わたしのことばをさえぎった。その声は、きびしくもなければ、ばかにしているようでもなかった。ただ、あわれみに満ちていた。「まわりをよく見たほうがいい。学ぶんだ。仲間たちにどう接《せっ》してもらいたいか、よく考えて行動するんだな」

わたしは、家のなかへもどった。

ふたりの言うとおりだ。

もうじき、とうさんがむかえにきて、わたしを連れてかえってくれるだろう。でもそれまでは、この屋敷《やしき》のやり方にならうべきなのだ。それはつまり、自分の身は自分で守れということだ。

21

「昼食はいらないと料理係につたえて。夕食の時間まで留守《るす》にしますから」あくる日の朝、ナスリーン夫人は言った。

「かしこまりました。今日、ムムターズさんにアイロンの使い方を教わります」

「ああ、あのことだけど……」夫人は、わたしを見上げ、ため息をついた。「言おうと思っていたんですよ。やったのは、あなたじゃないとわかりました」

「ほんとうですか？」体じゅうに安心が満ちる。

「この屋敷《やしき》のなかのことには、目を配っていますからね。その子を、きちんとしかっておきました」

「ありがとうございます」

「ところでそのお花、なかなかセンスがいいわね」夫人は、コーヒーテーブルとベッドわきのサイドテーブルに置いた切り子ガラスの花びんを目でしめした。

今朝早く、スミレがしおれているのに気づいて、白とピンクのバラにいけかえておいたのだ。

「バラは、母のお気に入りの花なんです。うちのまわりにも植えられていました」

「なに色のバラ？」

「赤一色です。こんなに種類があるとは、知りませんでした」

「子どものころ住んでいた家の裏《うら》には、父があたえてくれたわたくし専用《せんよう》の小さな庭があったんですよ。チューリップやマリーゴールド、あらゆる花を植えたわ。ところが、いつもからしてしまってね。でも、野菜はべつ。野菜を育てる才能《さいのう》はあったんですよ」夫人の目は、わたしを通りこし、遠くを見つめていた。

「うちの母も庭仕事が大好きで……」わたしは、それ以上つづけられなかった。今ごろ、草むしりをしているだろうか。わたしの代わりにシーマが、手伝っているのかもしれない。

「ふしぎね。ささいなことにもすぐ腹《はら》を立てるわたくしだったけれど、土いじりをしていると、心が落ちついたものです」

「ここでは、なにを育てていらっしゃるんですか？」

「ここで？」夫人は、クスクスとわらった。「考えてもごらんなさい！　大地主夫人が、庭《にわ》にうずくまってミントの苗《なえ》を植えていたら、どう思われるかしら？」

　夫人の言うとおりかもしれない。でも、それならば、夫人のような身分になれたとして、なんの得があるだろう。こんなにお金持ちで、たくさんの人を言いなりにできるのに、自分の庭を持つことさえできないなんて、そんな自由があるだろうか。

ナスリーン夫人が出かけたあと、部屋をととのえ、ムムターズさんをさがしにいった。廊《ろう》下《か》のおくへ歩いていくと、ドアがひらいたままの部屋があった。なかで、ナビラとビラルがかたづけをしていた。ベッドには、紺色《こんいろ》のカバーがかかっている。家具は、くだいたアーモンドのような色でそろえられていた。ジャワッドの部屋だ。ナビラが顔を上げた。わたしは、目をそらしかけたが、グラームさんとビラルに言われたことを思い出し、ナビラとしっかり目を合わせた。なにか言われるのを覚悟《かくご》したが、ナビラは顔をしかめ、視線《しせん》をそらした。

わたしは、足早に一階へおりた。

ムムターズさんは、調理場にもいなかった。

ダイニングルームを横切り、クリーム色のじゅうたんをしいた廊下《ろうか》に、初めて足をふみいれる。黒い洗面台《せんめんだい》のあるバスルームを通りすぎた。

次の部屋の前で足が止まった。ドアに格子窓《こうしまど》がついていて、ガラスが六枚《まい》はまっている。ガラス越《ご》しに、テーブルと革《かわ》の椅子《いす》、その横に大きな窓《まど》が見えた。椅子《いす》のうしろの壁《かべ》には、銀色のキャビネットがならんでいる。その反対側は、床《ゆか》から天井《てんじょう》まで壁一面《かべいちめん》が本棚《ほんだな》になっていた。本が、棚《たな》からあふれでそうなほどある。

図書室！　自分の目が信じられなかった。

すいこまれるようになかに入り、棚《たな》に近づいて、背表紙《せびょうし》に指をすべらせた。

詩集、小説、歴史、伝記……なんでもある。サディア先生のお気に入りの詩人、ガーリブとイクバールの詩集もあった。一度にこれだけたくさんの本を目にするのは、初めてだ。

そして、見つけてしまった。棚《たな》のいちばん下に。ハーフェズの詩集を。オマールが小川で見せてくれた本を思い出した。詩の授業《じゅぎょう》を楽しみにしていたサディア先生を思い出した。本を棚《たな》から引きぬく。オマールが借りてきてくれたものよりうすくて、表紙はオレンジ色ではなく緑色だった。

手にとったその本を見つめた。ふれてはいけないとわかっている。この部屋に入ること自体、ほんとうはゆるされない。でも、うすい本をたった一冊《いっさつ》借りるだけではないか。読んですぐ返せば、だれにも気づかれないはずだ。ほこりをかぶっている本を借りるのが、それほど罪《つみ》だろうか。こんなにたくさんの本が読まれないでいることのほうが、よほど罪《つみ》ではないのか。

詩集を腕《うで》にかかえてショールでかくし、急ぎ足で自分の部屋へもどった。屋敷《やしき》に来て初めて心がおどった。いろいろあったけれど、とうとうハーフェズの詩が読める。このことを、サディア先生とオマールにつたえられたらいいのに。

22

「ロシャナーラさんは、まだ帰ってこないんですか？」調理場で、ナビラがムムターズさんにたずねた。ふたりは、タマネギとトマトをさいの目に切ってボウルに入れている。ビラルは、なにをするでもなく調理台のそばに立ち、わたしは、メインテラスにいるナスリーン夫人とお客さんに出すチャイをかきまぜていた。

「母親のところに行ってるんだ」ムムターズさんは答えた。

「もう二週間も帰ってこないけど」

「ロシャナーラさんなら、もうもどってこないぞ。帰ってくるなって言われたんだ」ビラルが口を入れた。

「えっ？　クビってこと？」ナビラの手から包丁が落ち、台にあたって音をたてる。

「なんでも、ジャワッドさまの期待にそわなかったそうだ」

「だけど、ロシャナーラには、ここの仕事が必要じゃないか。家族のなかで、ただひとりのかせぎ手なんだから」ムムターズさんは言った。

「若《わか》だんなさまの知ったこっちゃないんだろ」

意味がわからなかった。わたしは、ここでの日々を過去《かこ》のものにして、すべては悪い夢《ゆめ》だったと、自分に言いきかせる日を心待ちにしている。どんなにお給金がよくても、こんなところで働きたいとは思わない。

トントン、だれかに腰《こし》をたたかれた。ファティマが、青いクッキーのふくろをさしだす。

「おくさまはね、これをお客さんに出すのが好きなの。あたしも手伝っていい？」

わたしは、ふちが波のようになったクリーム色のお皿を台に置いた。

ファティマはふくろをあけ、四角いショートブレッドクッキーをとりだすと、窓《まど》ぎわの食《しょく》料《りょう》棚《だな》を指さして言った。

「これのチョコレートがついてるやつ、食べたことある？」

「ないけど、おいしいの？」

「とっても！」ファティマの目がかがやいた。「おくさまは、上の息子たちが来たときにしか出さないんだけど。『あの子たちはチョコレートに目がないんですよ』って言ってね。ちょっと高いから、あんまりつまみ食いはできないけど。ばれたらたいへんだもん。でも、食べたかったら、とってきてあげる」

「また今度ね。でも、すてきな情報《じょうほう》をありがとう」わたしは、ほほえんだ。

「ファティマ、もうちょっとタマネギを持ってきな」ナビラが話をさえぎった。

ファティマは、もう一枚《まい》、クッキーをお皿にならべた。

「早く！」ナビラが、ぴしゃりと言う。

わたしは、ファティマがお皿にならべたばかりのクッキーを手にとり、指に力をこめた。

「あらら、われちゃった。食べる？」

ファティマは、ふたつにわれたクッキーを、両方ともほおばった。

ナビラににらみつけられたけれど、わたしは笑顔で返し、トレーをメインテラスへと運んだ。

ナスリーン夫人とお客さんのカップにチャイをそそぎ、いつものように壁《かべ》ぎわに立ってご用を待つ。こんなときのおしゃべりの内容《ないよう》は、うちのかあさんと近所の人たちのと、たいして変わらない。ただし今日は、ふだんのうわさ話に加えて、ジャワッドの花嫁候補《はなよめこうほ》の話に花がさいている。写真を見ながら、よさそうな相手を慎重《しんちょう》にえらんでいた。あんな男といっしょになる女の人のことを思うと、かわいそうでならない。

ふと、この前図書室からこっそり借りた本へと心が飛んだ。今日、あの本を返して新しい本を借りる時間があればいいいな。時計にちらりと目をやる。正午を少しすぎたところだ。今ごろ、ラービアとサファはきっと、人形の着せかえごっこをしたり、中庭でなわとびをしたりしている。オマールとシーマは、学校だ。そして、とうさんは畑仕事。かあさんの具合は、よくなっただろうか。ルブナは、もうわらうようになったかもしれない。

「識字《しきじ》センターは、順調にいっているようね」お客さんが、ハンドバッグに写真をもどしながら言った。濃《こ》い紅色《べにいろ》のサルワール・カミーズを着て、おそろいの色の口紅《くちべに》をしている。

「ええ。あと一か月ほどで開校する予定なんですよ」夫人はうなずいた。

「大きな話題になってますよ。パンジャーブ州で初めての試みですものね」

「おとな向けの識字《しきじ》センターは、最近のはやりなんですよ。センターの支援《しえん》をすれば選挙に有利になると、夫は考えているんです」

「生徒は集まっているの？」

「まだひとりも」夫人が、ため息をもらす。

「無料で読み書きを教えてくれるというのに、見向きもしないとはねえ。字など知らなくてもいいと考えている人が多すぎるんです」お客さんは、首を横にふった。

学校の教室で、ひとつの机《つくえ》をふたりで分けあう三十四人のクラスメイトの姿《すがた》が、頭にうかんだ。暑い時期になると床《ゆか》から立ちのぼる熱気が肌《はだ》にまとわりついたことや、気温がさがるとチャードルやセーターの下で体をふるわせたことが、ありありとよみがえった。それでも、わたしたちはみんな、できるかぎり毎日学校に通う。知っているはずだ。知らないはずがない。このお客さんに、それはまちがっていると言って。夫人は知っているところが、夫人は、なにも言いかえさなかった。代わりに、わたしにチャイのおかわりを言いつけた。

「今回は、あたりだったみたいね」お皿やカップをトレーにのせるわたしを見て、お客さんは言った。「どこで手に入れたのか教えていただきたいわ」

わたしはトレーを両手でしっかりと持ち、調理場へさがった。お客さんの言ったことを気にしないようにしたけれど、むりだった。

自分のことを市場で売っている家畜《かちく》のように言われるのに、慣《な》れる日が来るとは思えない。

23

その週の終わりのこと。わたしは、ナスリーン夫人のためにおふろを入れ、ラベンダーの花びらを湯ぶねに散らした。夫人がバスルームに入るのを見とどけ、ベッドに着がえを用意した。

時計に目をやる。十分間ある。

自分の部屋へすばやくもどり、枕《まくら》の下にかくしてあった本をつかんだ。それをショールでおおい、階段《かいだん》をおりて図書室へ向かう。

週の前半に詩集を何冊《なんさつ》か読みおえ、初めて伝記にいどんだ。イクバールの伝記だ。オマールが見たら、ずいぶんぶあつい本をえらんだな、と大わらいするだろうけれど、本が長ければ、それだけ長い時間楽しめる。それに、これを読んだおかげで、今ならサディア先生が、なぜイクバールをあんなに敬愛《けいあい》していたのかわかる。イクバールは、詩人であるばかりか、政治家《せいじか》、教師《きょうし》、弁護士《べんごし》、学者であり、イギリス政府《せいふ》によって「ナイト」の爵位《しゃくい》をあたえられてもいた。夢《ゆめ》はひとつでじゅうぶんだと思っていたけれど、たくさんの夢《ゆめ》をいだき、そのすべてをかなえている人もいると知った。

図書室に向かって廊下《ろうか》を進む。とちゅう、掃除係《そうじがかり》のおじいさんが、幅木《はばき》にたまったほこりをはらっていた。わたしが横を通りすぎても、目もくれなかった。わたしは図書室にそっと入り、イクバールの伝記を元あったところにもどしてから、きれいにならんだ本の背表紙《せびょうし》をなでていった。下の棚《たな》の黒くぶあつい辞書で手が止まる。オマールがよく自分だけの辞書がほしいと言っていたっけ——辞書には、人間がこれまで口にしたことばがぜんぶのってるんだ、と。辞書をぬきとる。思っていたより重い。今まで読んだ本より紙がうすく、字が小さかった。笑みがこぼれた。これを最初から最後まで読んだら、どうなるだろう？　この世に存在《そんざい》するすべてのことばに目を通したと言ったら、オマールはなんて答えるだろう？

足音が聞こえた。掃除係《そうじがかり》のおじいさんだ。ぞうきんをぎゅっとにぎって、ここにいる言いわけを準備《じゅんび》する。だが、足音の主がちがう人だと気づいたときには、辞書を棚《たな》にもどす時間はなかった。やってきたのは、ジャワッドだった。ドアをふさぐように立っていた。

「で、こんなところでなにしてる？」

「ほこりをはらっています」わたしはぞうきんを見せ、声がふるえないよう気をつけた。

「なら、なんでおれの本を手にしてる？」ジャワッドは、うたがうように目を細めた。「帰宅《きたく》早々、新米女中がおれの本をぬすむところを目撃《もくげき》するとは。いいかげん懲《こ》りただろうと思ってたが、おまえは、いったいどういう神経《しんけい》してるんだ」

「ぬすむ？　とんでもありません」

「どうせ、ここの本を見て、高く売れるとでも思ったんだろ？　だがな、千冊《せんさつ》売ったたって、おまえの家の借金は返せやしない」

「若《わか》だんなさま、わたしは人のものをぬすむようなまねは、けっしてしません。たしかに本は何冊《なんさつ》かお借りしました。でも、すべてお返ししました」

「で、この部屋に入って本を借りていいと、だれが言った？」

顔が、かーっと熱くなる。ジャワッドの言うとおりだ。

「まちがったことをしました。もうしわけありません。ただ本が……本があまりにもたくさんあって、どれもほこりをかぶっていたので、ついがまんできなくなってしまったんです。おゆるしください。本が読みたくて、たまらなかったんです」

長い沈黙《ちんもく》があった。

「読めるのか？」

「はい、もちろんです」

「書くのは？」

ジャワッドの偏見《へんけん》にきずつくべきか。それとも、あらし雲が切れ、青い空と太陽があらわれたことに感謝《かんしゃ》するべきか。

「読み書き、どちらもできます。算数も」

しばらく、ジャワッドは、わたしを値踏《ねぶ》みするように見つめた。

「おまえには、ほんとにおどろかされる」

そのことばに、いつもの見くだしたひびきはなかった。

「ここにある本を最後に読んだのは、思い出せないほどむかしだ」ジャワッドは、本棚《ほんだな》に近づき、背表紙《せびょうし》に目を走らせると、そのうちの一冊《いっさつ》をぬきとった。「『スペインの異国人《いこくじん》』だ。タラルのこの旅行記を読んだのは、たしかおまえくらいの歳《とし》のころだ。夢中《むちゅう》になったもんだ。あんまりくりかえし読んだんで、ぼろぼろになって、父親が買いかえたほどだ。おれは、そのぼろぼろの手ざわりが、けっこう気に入ってたんだが」

十二歳《さい》のジャワッドが、お気に入りの本をすてられて落ちこんでいるところを想像《そうぞう》してみたが、できなかった。

携帯電話《けいたいでんわ》が鳴った。ジャワッドは、携帯《けいたい》に目をやり、それからわたしを見た。

「今回は大目に見てやる。おれだって、ゆるすときはゆるす。だが、二度とおれの本にさわるんじゃない」

そして、携帯《けいたい》を耳にあてると、手で追いはらうしぐさをした。

わたしは廊下《ろうか》に出た。見のがしてもらった。おとがめはなかった。

なにもなかった。無事だった。

よろこぶべきだろう。

でも、よろこべなかった——屋敷《やしき》での日々を乗りこえてこられたのは、本があったからだ。家族に会いたくてたまらなくて胸《むね》がつぶれそうな夜、どうにかねむりにつかせてくれたのは、本だった。

本をうばわれてしまったら、これからなにを楽しみに生きていけばいいのか。

24

頭が痛《いた》いと、ナスリーン夫人が言った。昨夜おそくまで、わたしが頭をもみつづけたが、まるでよくならず、今も顔をしかめながら、ダイニングルームで昼食をとっている。

「食事のあと、おふろをご用意します。湯気で楽になるかもしれません」

「横になっているほうがいいわ」夫人は額《ひたい》を手でもみ、立ちあがった。「午後は、ムムターズがおねえさんをたずねに行くそうですよ。帰ってくるまで、調理場をよろしくね」

「おれは図書室で仕事をかたづけるから、よばれるまで来るなとビラルにつたえろ」ジャワッドがわたしに言った。

「なんのお仕事?」夫人がたずねる。

「ちょっとした経理《けいり》と書類づくりですよ」

「あら、どうして?　それは、ゼッドの仕事でしょう。なんのために会計士をやとっているんです?」

「ほんとうに会計士だか、あやしいもんです。それに、信じられるのは自分しかいませんから」ジャワッドはそう言うと、あごでわたしをしめしながら、母親にたずねた。「で、こいつは役に立ってるんですか？」

「ええ、とても。神さまからのおくりもののような子です」

「それはよかった。うまくいってるようでなによりです」

調理場にもどってよごれたお皿を流しに入れ、蛇口《じゃぐち》をひねったちょうどそのとき、カミーズのすそを引っぱられた。ファティマがじっと見ていた。まじめな顔をしている。

「どうしたの？」わたしは水を止めた。

「きのうのこと、聞いたの。本のこと」

顔がほてった。掃除係《そうじがかり》のおじいさんが、みんなに話したにちがいない。

「字が読めるって、ほんと？」ファティマはたずねた。

「ほんとだよ。学校で習ったから」

「教えてくれる？」

予想もしなかったことばで、すぐには答えられなかった。

「紙とえんぴつは、おとうちゃんが用意してくれるって」

ファティマの父親の顔をうかがった。ハーミドさんは、ステンレスのポットにふたをのせ、クッキングスプーンを横に置くと、わたしを見て小さくうなずいた。

ファティマはつづけた。

「おぼえられないかもしれないけど。頭のにぶい子だね、っておかあさんにいつも言われてたから」

その声は、とくべつ悲しそうでもなく、ただ事実を言っただけというように聞こえた。

わたしはバターナイフを持って、ファティマに見せた。

「これはなに?」

「ナイフ」

「どんな形をしてる?」

「長い。まっすぐ?」

「ウルドゥー語の一番目の文字は、ちょうどこんな形をしていて、『アリフ』っていうんだよ」

「アリフ」ファティマは、かみしめるように言った。

「ほら、もう文字をひとつおぼえた。時間があるとき、いつでも教えてあげる。それほどむずかしくない、ほんとうだよ」

ファティマは目をまるくした。バターナイフをわたしの手からとり、ハーミドさんのところへかけていった。

お皿をあらいおえ、使用人用のテラスにふらりと出る。ジャワッドが帰ってきてあわただしくなり、だれもいなかった。ファティマの言ったことが、頭のなかでなんどもくりかえされる。娘《むすめ》にあんなひどいことを言う母親がいるものだろうか。

遠くでなにかが動いた。目をこらす。ネコだった。白と茶のトラネコだ。わたしは、ひだまりで体をのばしているそのネコに近づいた。

「外は平和だね」ナビラも外に出てきた。テラスを通って庭にやってくると、ミルクの入ったステンレスのボウルを芝《しば》の上に置く。ネコは、ナビラに体をすりよせ、ゴロゴロとのどを鳴らした。

「メスのノラネコなんだ。あたしが屋敷《やしき》にやってきた週に見つけて、それからずっとミルクをあげてる。『チビッコ』って名前をつけた」ナビラがネコをなでる。

「美人さんだね」わたしは、ためらいがちに言った。

「でしょ」ナビラは、ぱっと目を引くむらさきの花を指さした。「ここに来たばかりのころ、あたしは、よくあそこの花のそばにすわってたんだ。なんていう花か知らないけど、うちの家のそばにもさいてるんだ。あの花を見てると、うちに帰ったような気持ちになれる」

「屋敷《やしき》には、いつやってきたの？」わたしはたずねた。ナビラがわたしに向かっていじわる以外を口にするのは、初めてだった。

「九歳《さい》のとき。今のファティマと同じ歳《とし》だ」

「借金を返すため？」

「うちの家族は、あたしと引きかえにお金を借りたんだ」ナビラの顔に影《かげ》がさした。「いちばん上のねえちゃんが結婚《けっこん》することになって、ヤギ六頭とウシ一頭を買うために、あたしはこの家に売られた。とうちゃんは、できるだけ早く借金を返してむかえに来るって、約束してくれたんだけど」

「来なかったの？」

「来たといえば来た。もっとお金を借りにね。最初に借りたお金だけなら返せたかもしれないけど、あたしがここでくらすのにもお金がかかるから」

「ここでくらすのにお金がかかる？」

「知らないの？　ここのくらしが、ただだと思う？　あたしらが食べるぱさぱさのロティも、寝《ね》るベッドもただじゃないんだ。少なくとも、あんたとあたしの場合はね。ムムターズさんやハーミドさんなんかはべつだよ。あの人たちは、ちゃんとやとわれて、屋敷《やしき》に住むことを自分たちで決めたんだ。だから、お給金ももらえるし、屋敷《やしき》に住むか、家族といっしょにべつの場所に住むか、えらべるんだ。けど、あたしらに、そんな自由はない。借金を返すために働いてるけど、出される食事もベッドのシーツも寝《ね》る部屋も、どれひとつとってもただじゃないんだ。もともとの借金に、どんどん足されていくんだよ」

「そんな。屋敷《やしき》での生活費を上乗《うわの》せされたら、どうやって借金を返せるというの？」

「返せないんだ」

とうさんの顔が頭にうかんだ。お金が用意できたら、すぐにむかえにくると約束してくれた。でも、わたしがここにいることで一分ごとに借金がふえるのならば、どうやってすべてを返せるというのか。

ベンチにくずおれ、息をととのえる。

ナビラはまちがっている。きっとそうだ。

でも、もしそれがほんとうならば、わたしは一生、ここに囚《とら》われたままということか。なにもかもが不公平すぎて、心がひりひりした。胸《むね》がはりさけるような思いをすると、ほんとうに胸《むね》が痛《いた》むことを、そのとき初めて知った。

「時間がたてば、慣《な》れるんだ。あたしやファティマを見てごらんよ」

「でも、ファティマは、おとうさんといっしょだから」

「ハーミドさんは、あの子のおとうさんじゃない」

「えっ？　どういうこと？　それなら、どうしてファティマはここにいるの？」

「どうしてって、七人姉妹の末っ子に生まれたせいだよ。六歳《さい》のとき、屋敷《やしき》にすてられたんだ。あの日のことは、よくおぼえてる。使用人棟《しようにんとう》のすみで、ファティマがうずくまってたんだ。きっとハーミドさんが、おとうさんに似《に》てたんだろうね。『おとうちゃん』って言いながら、ハーミドさんにだきついたんだよ。ハーミドさんが感情《かんじょう》をおもてに出すところを、あのとき初めて見た。それからずっと、あの人は、ファティマを娘《むすめ》のようにかわいがってるんだ」

不公平だ。そう言いたかった。

でも、世の中は不公平だと、とうさんはいつも言っていなかったか。

今わかった。ほんとうにとうさんの言ってたとおりだ。

25

庭に出ると、太陽がのぼりはじめていた。ピンク色やすみれ色の光のすじが、空いっぱいに広がっていく。きのうの夜も、ナスリーン夫人の頭をもみつづけた。黒いアイマスクをした夫人がようやくねむりに落ちたのを見とどけ、静かに部屋を出た。へとへとで目がかすんだ。きのうナビラから聞いた話が、くりかえし頭によみがえる。

わずか二、三歩しかはなれていない地面に、灰色《はいいろ》のスズメがおりたった。サファは、よくわが家の敷地《しきち》にやってくるずうずうしい鳥たちを追いかけたものだ。そんな妹をオマールは、「つかまえられたら、ごほうびをやるよ」といつもからかったっけ。思い出がそれぞれつながりあっていることを、わたしは今まで知らなかった。ある思い出がべつの思い出をよびおこし、それがまたべつの思い出をよみがえらせる。たくさんの思い出が、大きな波となってうちよせ、わたしをさらおうとする。

時間がたてば、胸《むね》が痛《いた》むことはなくなるだろうと思っていた。悲しみは、なんとふしぎな感情《かんじょう》なのだろう。乗りこえたつもりでも、次の瞬間《しゅんかん》、手でふれられそうなほど、くっきりとわが家が頭にうかんできて、また悲しくなる。

家族に会いたくてたまらなくて、生身の心が切りさかれそうになる。ほおを涙《なみだ》がつたいおちた。

どうして、あんなことをしてしまったのだろう。どうして、あの日市場で、自分を見うしなうほど腹《はら》を立ててしまったのだろう。後悔《こうかい》——なによりもそれが、心をするどく切りさく凶器《きょうき》だと、わたしは気づきはじめていた。

スズメはしばらく地面をつついたあと、羽をはばたかせて木の枝《えだ》へまいあがり、そして、レンガづくりの塀《へい》を越《こ》えて見えなくなった。

ふいにだれかの気配がした。ふりむき、体がこわばる。ナビラだった。

「今はつらいだろうけど、時間がたてば平気になるんだ」ナビラは言った。

「むりだよ」

「あたしはね、家族とか仲のよかった友だちとか、ここに来る前の思い出をぜんぶ、心のべつの場所にしまっておいて、めったにそこへは行かないようにしてる。思い出をとじこめておけば、苦しまずにすむんだ」

そういわれても、家族や友だちをわすれられるはずがない。思い出すとつらくなるけれど、この屋敷《やしき》に囚《とら》われているからといって、みんなをわすれるなんていやだった。ここに来る前のくらしをおぼえているからこそ、どうにかやっていられるのだ。

「それと、なんか楽しみを見つけな。あたしはね、あと二、三か月もしたら、お休みをもらってうちに帰るんだ。そしたら、きょうだいに会える。いとこにもね」

ナビラは、にこりとした。わたしにむかってほほえんだのは、初めてだった。いじわるそうに口をゆがめていないナビラは、美しかった。もしかしたら、ムムターズさんになにか言われたのかもしれない。わたしたちの身の上は同じだと、やっと気づいたのかもしれない。理由はどうであれ、休戦はありがたかった。

ナビラはつづけた。

「こうやって庭に出るのも、楽しみのひとつなんだ。毎日、チビッコにミルクをやるのもさ。たいした楽しみじゃないけど、ささやかなことでも、しあわせな気分になれるもんだよ。大通りをくだって、市場に行ったりもする。なんでも売ってるよ――たまに本もね」

「市場があるの？」

「うん。歩いて五分くらいのところに。お金がないからなにも買えないけど、お菓子《かし》の屋台やいろんな布地《ぬのじ》を見てまわるんだ」

「ひとりで行ってもいいの？」

「自分の仕事が終わって、その日はもう用がなければ、いいに決まってるよ」

屋敷《やしき》をかこむレンガづくりの塀《へい》を見まわした。市場に行けるほどの長い自由時間を、いつもらえるかはわからない。

でも、門を出て、ここからはなれられるかもしれないと思うと――たとえそれがほんの二、三時間であっても――心にしみついた痛《いた》みがほんの少しやわらいだ。

26

「頭は、まだ痛《いた》みますか?」あくる日の朝、わたしは、ナスリーン夫人にたずねた。

「アマルが、二晩《ふたばん》つきっきりで頭をもんでくれたおかげで、だいぶよくなりましたよ。今から友人に会いに出かけますから、しばらく留守《るす》にするわ」

「痛《いた》みがおさまってよかったです。おくさまがお出かけのあいだ、なにかやっておくことはありますか?」

「あなたにも休みが必要よ」夫人は、口紅《くちべに》をぬりおえると言った。「この部屋をかたづけたら、わたくしがもどるまで自由にすごしなさい」

屋敷《やしき》の外に出られる機会は、まだ何日も、へたをすると何週間も先だと思っていた。寝不《ねぶ》足《そく》のせいで頭がぼうっとしていたけれど、次のチャンスがいつおとずれるかわからない。夫人が出かけてすぐ部屋をととのえ、かばんを肩《かた》にかけた。

「どこに行くんだい?」玄関《げんかん》ホールで、ムムターズさんに声をかけられた。

「少し散歩してきます。おくさまがお留守《るす》のあいだ、好きにすごしていいと言われたんです」

ホールを足早に通りすぎ、玄関《げんかん》を出た。

ショールを頭にかぶせて強い日ざしをさえぎり、門へ向かって歩いていくと、いかめしい顔つきの男が、ライフル銃《じゅう》を持って立っていた。門番がいるのをすっかりわすれていた。事《じ》情《じょう》を説明しようとゆっくり近づくと、口をひらく間もなく門がさっとあいた。わたしをなかにとじこめるために門番がいると思っていた。だが、それはわたしの勝手な思いこみだったのだ。

玉石をしきつめた敷地内《しきちない》の道をしばらく進み、大通りに出た。右に曲がって、わが家に帰ろうか。そんな思いがよぎる。けれども、車でも、ずいぶんかかったのだ。歩きでは、夕方までに帰ってこられないだろう。

遠くに、ぽつぽつと建物が見えた。その方角をめざして、なんどか角を曲がると、市場に着いた。足がすくんだ。遠くから見たときは、うちの近くの青空市場のようだと思った。じっさい、肉屋さんやお菓子《かし》屋さん、牛乳《ぎゅうにゅう》屋《や》さんの看板《かんばん》がある。だが、どの店も、閉店《へいてん》をしめす板が打ちつけられていた。人っ子ひとりいない。

太陽がじりじりと照りつけ、急に体が重く感じられた。たとえにぎわっていたとしても、ここはわたしの市場ではない。くだものを売っているのは、シャウカットおじさんではないだろうし、シーマだっているはずはない。ハフサも。サファも。

茶色くくすんだコンクリートづくりの家々を通りすぎる。外で遊ぶ子どもの姿《すがた》はない。レンズマメをよりわける女の人もいなければ、敷物《しきもの》をたたいてほこりをはらう女の人もいない。家の玄関口《げんかんぐち》に、黄ばんだ新聞紙がまるまって落ちていた。近づき、日づけをたしかめる。二年前の新聞だった。

ハザラバード村のうわさが頭をよぎった。ジャワッドが自分勝手な理由でまるごと焼きつくしたと、フォジアおばさんは言っていた。半分は信じていなかった。今の今まで。来た道を急いで引きかえしたつもりが、行きついたのは黒く焼けこげた畑だった。オレンジの木の残がいが、目の前いっぱいに広がっていた。

小道の迷路《めいろ》をようやくぬけだしたころには、服は汗《あせ》でぐっしょりぬれ、目は涙《なみだ》でかすんでいた。

屋敷《やしき》が見えて、ほっとするなんて、思いもしなかった。

玄関《げんかん》を入ると、よく冷えた空気に出むかえられた。ところが次の瞬間《しゅんかん》、ジャワッドのどなり声がして、玄関《げんかん》ホールじゅうにひびきわたった。

ジャワッドのどなり声を聞くのは、初めてだった。静かに人を射抜《いぬ》くような目つきだけでじゅうぶんこわいのだから、大理石にはねかえるその声を聞いて、わたしはすくみあがった。かわいそうなビラル。あんな人に仕えていると、気が休まるときがないだろう。

すると今度は、けがをした子ネコが鳴くようなかん高い声が聞こえた。声のするほうへそろそろと近づくと、ダイニングルームにナビラがいた。そして、ナビラを見おろすように、ジャワッドが立っていた。

「あいつをにがしたな」

にがす？

「なにも知りません。ほんとうです！」

ジャワッドは、手をふりあげた。

ナビラをたたくつもりだ。わたしのせいで、ナビラがぶたれる。

「待ってください！　やめてください！」

ジャワッドはわたしに気づくと目を見ひらき、近づいてきた。

「どこに行ってた？」

「市場です。その帰り、道にまよってしまいました」どうにか声をしぼりだす。

「市場だと？　近くに市場などない。面と向かって、おれにうそをつく気か？」

「たしかにありませんでした。ですから、急いで帰ってきたんです。にげるなど、とんでもありません」体がふるえた。

「おまえは自分をこのうちの客だとでも思ってるのか？」

ジャワッドの声が体をつらぬくのを感じながら、どういうことなのかわかってきた。ナビラに、まただまされたのだ。ナビラのつくり話をまるまる信じてしまったのだ。今度こそ、なにがあったのか、きちんと説明しなければ。

ところが、ジャワッドのほうが早かった。

わたしは、ほおを打たれた。

口のなかに、かなくさい味が広がる。血の味だ。

だれかにひじを両手でつかまれ、引っぱられた。ナスリーン夫人だった。

「ジャワッド！」

「これに罰《ばつ》をあたえないわけにはいきません」

「たった今、罰《ばつ》をあたえたではありませんか。気がすんだでしょう。もう一度手をあげたらゆるしません」

「にげようとしたんですよ！」

「にげようとしたですって？　それならば、なぜ今ここにいるんです？」

ジャワッドは、わたしにぐっと顔を近づけた。

「もどってきたからといって、にげた事実は変わらない。罰《ばつ》はじっくり考えておく。これ以上、おれをあまく見るなよ」

そうはきすてると、行ってしまった。
ジャワッドは、なにを言っているのだろう？
これが――この屋敷《やしき》にいることが――もうじゅうぶん罰《ばつ》ではないか。

27

その晩《ばん》、ナスリーン夫人から、自分たちの部屋以外へは行かないよう、きつく言いわたされた。ジャワッドがあれ以上どんなことをするとと、夫人は思ったのだろう。たたかれたときのしびれは消えたが、あざがうかびあがってくるにつれ、熱い怒《いか》りがわきおこり、生きたまま焼かれるような思いがした。

どうして、ナビラの話をそのまま信じてしまったのだろう。最初のチャンスと飛びつく前に、ムムターズさんに市場へ行くと言えばよかった。

この屋敷《やしき》からは出られないのだ。

おそらく一生。

「にげるつもりは、ほんとうになかったのよね？」ナスリーン夫人がきいた。

「ほんとうです」

「息子は、ものごとを水に流せない性分《しょうぶん》なんですよ。いいですか、今、あなたはどこにいるのか、わすれてはなりません」

どこにいるのか、わすれる？　来る日も来る日も、かあさんの朝ごはんのにおいがしない朝をむかえる。来る日も来る日も、妹たちのわらい声やはしゃぎ声の代わりに、耳に痛いほどの静けさのなかで目がさめる。来る日も来る日も、なくしたものすべてを思い出す。ナスリーン夫人はやさしい人だけれど、わたしの身の上は理解《りかい》できないのだ。

「もうしわけありませんでした。もう二度としません」

「見せてごらんなさい」夫人は、手まねきした。「二、三日はかかるでしょうが、あざは消えますよ。息子とは話をしました。あなたはじゅうぶん罰《ばつ》を受けたと納得《なっとく》しましたよ」

その夜、夫人がテレビを見にリビングへ向かうと、わたしは自分の部屋へもどった。ベッドに腰《こし》をおろしたとたん、ドアがきしんだ音をたててひらいた。ファティマだった。手に持った木のトレーに、レンズマメのスープがのっている。

「持っていってあげなさいって、おとうちゃんに言われて」ファティマは、トレーをベッドに置いた。

「ハーミドさんにお礼をつたえておいてね」

ファティマの手に、紙切れがにぎられていた。

「それはなに？」

ファティマは、はにかんで、その紙をさしだした。受けとってひらく。紙一面にびっしりとアリフの文字が書いてあった。

「よくできたね！　ほら、すぐにおぼえられたでしょう？」わたしは、肩《かた》かけかばんからえんぴつをとりだし、紙をうらがえして次の文字を書いた。「フライパンみたいなカーブを書いて、その下に点をつけるよ。これが、『ベイ』」

「ベイ」ファティマが、くりかえす。

えんぴつを持たせて書かせようとすると、ふたたびドアがひらいた。ナビラとムムターズさんだった。

「ナビラが言いたいことがあるそうだ」ムムターズさんが言った。

ナビラは肩《かた》を落として、戸口に立っている。

「ごめん」ナビラはムムターズさんをちらりと見て、それからわたしを見た。

「もう終わったことだから」わたしは言った。

「あんたが来るまで、すべてうまくいってたんだ。何年も、おくさまにいっしょうけんめい仕えてきたのに。文句《もんく》だって、一度も言ってない。それなのにこれだ。まるであたしなんか存在《そんざい》しないみたいに、目も向けなくなったんだ」ナビラの下くちびるがふるえた。

「でも、同じことがわたしにもいつか起きる。そうじゃない？　わたしたちが、どうにかできるものじゃない」わたしは言いかえした。

「アマルの言うとおりだよ。ナスリーンおくさまが、お決めになったんだ。アマルのせいじゃない」ムムターズさんが言った。「ナビラ、ねたみは自分をきずつけるだけだ。それからアマル、腹《はら》を立てつづけても、なんの役にも立ちやしない。ふたりとも、一生ここにいるかもしれないんだから、同じ身の上だということに早く気づくんだね。いがみあうのをやめたほうが、ここのくらしがずっと楽になるんじゃないかい？」

「そうだね。ごめん」ナビラは、しょんぼりとうつむいた。

「頭が痛《いた》いから、休ませてもらえる？」

わたしが言うと、ナビラは、こちらの顔をうかがうように見てから、ムムターズさんとファティマにつづいて部屋を出た。

一生。

一生ここにいるかもしれないと、ムムターズさんは言った。ひどく暑い日、かあさんにおつかいをたのまれると、「市場に着くまで一生かかるよ」と文句《もんく》を言ったものだ。学校が大好きだったわたしは、いつだって夏休みが一生終わらないように感じた。軽々しく口にしていた「一生」ということばの重みを、囚《とら》われの身になって知った。

これからのこりの人生をここでくらすのならば、ほんとうに囚《とら》われたままでいるならば、ナビラとのことは水に流すしかない。かあさんなら、そうしろと言うだろう。根に持ったところで、けっきょくきずつくのはあなた自身なのよ、と。でも、どうしたら水に流せるというのか。それは、ここから自由になるのと同じくらい不可能《ふかのう》に思えた。

28

あくる日の朝、ナスリーン夫人がジャワッドを連れて花嫁候補《はなよめこうほ》に会いに出かけると、わたしは、夫人の衣類にアイロンをかけ、クローゼットにしまった。ジャワッドがいないとわかっていても、玄関《げんかん》ホールに出ていくだけで足がすくんだ。

だが今はちょうど、ホールにもリビングにもだれもいない。

わたしは、夫人の部屋の花びんにいける花をつむため、リビングを通ってメインテラスに出ようとした。

そのとき、玄関《げんかん》をたたく音が聞こえた。

ビラルが急ぎ足でやってきて、窓《まど》の外をのぞき見る。

「またあいつらだ」ビラルの顔が青ざめた。

「だれ?」わたしはたずねた。

「け、警察《けいさつ》さ」ビラルは口ごもった。「けど、若《わか》だんなさまは留守《るす》だぞ。どうしよう」

ふたたび玄関《げんかん》をたたく音。さっきより強い。

ビラルは、わたしをちらりと見て、こまったように下くちびるをかみ、それからドアをあけた。深緑色の制服《せいふく》を着た警察官《けいさつかん》がふたり、腰《こし》に茶色い警棒《けいぼう》と拳銃《けんじゅう》をさげて、大理石のホールにずかずかと入ってくる。

「どこにいる？」背《せ》の高い警察官《けいさつかん》が、ビラルにきいた。

「ジャワッドさまですか？」

「おまえに用があると思うか？」もうひとりの警察官《けいさつかん》が言いかえした。自転車のハンドルみたいな口ひげをはやした男だ。「ジャワッドさんに決まってるだろ。で、どこだ？」

「屋敷《やしき》にはいらっしゃいません。おかあさまとお出かけになりました」ビラルは、うつむいたまま答えた。

「いつもどってくる？」

「わかりません」

「ちょうどいい」背《せ》の高いほうが、もうひとりに向かってにやりとわらった。

「わたしにおまかせください」口ひげの警察官《けいさつかん》も、にんまりとわらいかえす。

「なかを少々見させてもらっても、問題はないだろう。おもしろい発見があるかもしれん」

「ついてくるやつがいないほうが、目あてのものが早く見つかりますよ」口ひげのほうが、にやにやしたまま言った。

他人の家を勝手にさぐりまわろうとは、どういう神経《しんけい》をしているのだろう？　まるで、ビラルとわたしは存在《そんざい》していないかのようだ。

あとでジャワッドにしかられる心配がないから、そんなことができるのだ。

すでにふたりは、大理石にどろの足あとをつけて、おくへ進もうとしていた。てっきりビラルが止めてくれるものだと思っていたが、ビラルは、かたまったように動けずにいる。

警察官《けいさつかん》は、らせん階段《かいだん》の左手にある廊下《ろうか》に向かって歩いていった。あの廊下《ろうか》には、クリーム色のじゅうたんがしいてある。よごされたら、きれいにするのに手間がかかる。

やめて。

このふたりのせいで、しかられるのはごめんだ。

「留守中《るすちゅう》に他人が屋敷《やしき》を歩きまわるのを、ジャワッドさまはこころよく思われません」わたしは大きな声で言った。

背《せ》の高いほうがふりかえり、じろりとにらむ。

「だが、だれがジャワッドさんに言いつける？　おまえのその顔にあざをつけられるのは、あいつだけじゃないんだぞ」

「おつたえしたいことがありましたら、お受けします」

「つたえたいことなら、おまえにある。人の仕事に口をはさむな。門番は、物わかりがよかった。そこのぼうやも、まちがいなくそうだ。おまえも見習え」

「そういうことだ。小娘《こむすめ》は、階段《かいだん》の掃除《そうじ》でもしてろ。おまえには関係ない」口ひげのほうが言った。

「関係あります」わたしは、ふたりの靴《くつ》を指さした。「大理石の床《ゆか》にどろのあとがつきました。じゅうたんにもついたら、ジャワッドさまは、けっしてよろこばれません」

「その子のいうとおりだ」

ジャワッドが玄関《げんかん》に立っていた。腕《うで》に、ナスリーン夫人がしがみついてる。

「その娘《むすめ》は、なにか誤解《ごかい》しているようです。われわれは、あなたがどこにいらっしゃるか、たずねていただけでして」背《せ》の高いほうが、しどろもどろに言った。

「で、いつから連絡《れんらく》もよこさず、来るようになった？」

「おゆるしください。上司の命令でして。早急にジャワッドさんと話をするよう言われたのです」

ジャワッドは、警察官《けいさつかん》たちをにらみつけた。

「おまえらがしたがうべきなのは、その上司だけじゃないことをおぼえておけ」

「はい、ジャワッドさんのおっしゃるとおりです」

ジャワッドの首にうきでた血管が、ドクドクと脈打っている。ジャワッドが庭のほうへ大またで歩いていくと、ふたりはそのあとをあたふたとついていった。

「アマル、おてがらでしたよ。かんたんにできることではありません」ナスリーン夫人が言った。

かんたんにできることなど、この屋敷《やしき》にありません、わたしは夫人にそう言いたかった。ここのくらしには、やりたくないことしかない。やりたいことなど、なにひとつないのだ。

29

その日の午後、ナスリーン夫人が食べおえた昼食のトレーを持って、わたしは調理場へもどった。両びらきのドアをおしあけると、料理人のハーミドさんは生地をこねていて、ファティマとナビラは調理台に使用人用のお皿をならべていた。

「小麦粉が、少しばかりあまったんで、ロティを焼こうと思ってな」ハーミドさんは、わたしに気づくと言った。まるく平らにした生地をフライパンにパンッとたたきつけ、しばらくしてうらがえす。「ほかほかのうちに食べな。かたづけは、あとまわしだ」

焼きたてのロティを口にするのは、いつ以来だろう。ほかのみんなにならって、急いでお皿にロティをのせ、ムムターズさんのあとについて、横にすわった。

ハーミドさんが、となりに腰《こし》をおろし、わたしにたずねた。

「ほんとうかね？　警察官《けいさつかん》たちに言いかえしたってのは？」

「ほんとうです。おれは、いつものようにかたまっちゃったのに」ビラルが代わりに答える。

「ひどいやつらだからね。こわくてなにもできなかったからって、だれもせめやしないよ。だれひとりね」ムムターズさんが言った。

「この前と同じ警察官《けいさつかん》だったのか？」グラームさんが、口いっぱいにロティをほおばりながらきく。

「いや。前とはちがった」ビラルは答えた。

「このところ、警察官《けいさつかん》がひっきりなしに来るじゃないか」とグラームさん。

ビラルは肩《かた》をすくめると、ロティをちびちびとかじった。それきり、だまってしまった。

ナスリーン夫人のおつきでほんとうによかったと思う。ジャワッドの世話をするなんて、考えたくもない。

使ったお皿をあらってかたづけた。廊下《ろうか》に出ると、ビラルとナビラがついてきた。

「ありがとう。あいつらにはっきりと言ってくれて、ほんとに助かった」ビラルは、両手をカミーズのポケットにつっこんで言った。

「どうってことないよ。ほんとうに」

「でさ、ナビラと話してたんだけど……」ビラルは、ナビラにちらりと目をやったあと、わたしを見た。「アマルは本を読むのが好きなんだよな？　ジャワッドさまの図書室から、こっそり借りてたんだろ？」

「あれは、まちがいだった。いけないことをしたと思ってる」わたしは身がまえた。

「でも、また読めるとしたら？」

そうたずねてきたナビラを、わたしはじっと見つめた。

「ナビラと話してたんだけど、おれは、若《わか》だんなさまがいつ屋敷《やしき》にいるか、いつ出かけて、いつもどってくるか、ぜんぶ知ってる。つまり、おれたちが協力すれば、アマルは、また本を借りられる」

「どうして？　どうして協力してくれるの？」

「ふたりとも、あんたに借りがあるからだよ。あたしらなりのお礼ってわけ」ナビラが答えた。

「棚《たな》から本が消えたら、ジャワッドさまに気づかれるかもしれない」

「あることもおぼえてない本なら、だいじょうぶ。ほら、行こう。ついてきて」

ふたりについて廊下《ろうか》を進み、図書室に入る。ナビラは、壁《かべ》にならんだキャビネットに近づくと、そのひとつをビラルといっしょに手前に動かした。するとそのうしろに本棚《ほんだな》があらわれた。

「このキャビネットは、二、三か月前、ジャワッドさまが買って、ここに置いたんだ。うしろに本があることなんて、きっとわすれてる」

ナビラを見つめた。本が読めることにはたまらなく心をそそられるが、もう二度とだまされたくない。

「アマル、いじわるばかりしてごめん。でも、これからは信用してほしい。アマルは仲間になったんだ。ムムターズさんが言ってたとおり、おたがいに助けあわないとね」

ナビラを見つめ、それから本に目をやる。詩と短い物語がおさめられたうすい本をぬきとった。表紙をなでる。

本を読む機会がまためぐってくるとは思ってもいなかった――ページをめくるごとに新しいことを学び心を満たせる日が、また来るとは。

ことわれるはずがない。

危険《きけん》をおかす価値《かち》はある。本がふたたび、わたしの人生の一部になるのなら。

30

ビラルとナビラは、約束を守った。また図書室から本を借りはじめてから、一か月がたち、もう七冊《ななさつ》読みおえた。

「新しい本を借りたいなら、これから二、三時間のうちがいい」朝食のあとかたづけをしていると、ビラルが耳元でささやいた。

「ありがとう。もう少ししたら行く」

トレーをかたづけ、お皿を軽くゆすいでから、図書室へそっと入った。題名をほとんど見ずに、本を一冊《いっさつ》、チャードルのなかにかくす。手がふるえた。だれかが入ってこないか心配で、いつもこうなる。でも、だれもやってこなかった。

ナスリーン夫人は、ベッドでひとやすみしていた。しばらく本が読めそうだ。自分の部屋へもどり、ドアを半分あけたまま、ベッドに腰《こし》をおろす。

借りてきた本――シャウカット・スィッディーキーの『神の街』――をひざにのせ、最初のページをめくった。

「いつか、あたしもそんな本が読めるようになるかな？」

小さな声がして、あやうくベッドから落ちそうになった。ファティマだった。戸口で、もじもじしている。

わたしは、ファティマにドアをしめるよう身ぶりでつたえた。

「もちろん。今はまだむずかしそうに見えるかもしれないけど、一度読めるようになれば、息をするのと同じくらいかんたんだよ」

「読んでくれる?」ファティマが一歩近づく。

「うーん……ファティマには、まだ少しむずかしいかな」

「べつにいいの。聞いてみたい」

ファティマがとなりにすわるのを待って、わたしは読みはじめた。

すぐにあきると思ったのに、ファティマは、ひとことだって聞きもらすまいと耳をそばだてていた。

「ムムターズさんと外でひとやすみするんだ。いっしょにどう?」その日の午後、ナスリーン夫人が友人の家へ出かけたあと、ナビラにさそわれた。

ナビラといっしょの時間をすごすのかと思うと、まだ落ちつかない気持ちになる。でも、妹たちとけんかをするたびにかあさんが言っていたことばが頭にうかんだ——なかよくやっていく方法を見つけるしかないでしょう、家族をやめるわけにはいかないんですからね。ナビラは家族ではないが、同じ屋根の下で生活しているのだ。できるだけ歩みよったほうがいい。

わたしは、ナビラとムムターズさんとならんで、テラスの長椅子《ながいす》にすわった。霧雨《きりさめ》で庭がしめり、あたりはあたたかいもやにつつまれている。

「ほら、お飲み。今朝、買い出しに行ってきたんだ。たまには、ごほうびも必要だ」ムムターズさんが、コーラのビンをくれた。

「ありがとうございます」わたしは言った。

「ナビラ、この前みたいにビンをふるんじゃないよ。どうなったか、おぼえてるかい？」

「もういいかげん、わすれて！」ナビラは大声をあげた。

ムムターズさんは、けらけらわらって、チャイをひとくちすすった。

「中身がふきだしたの？」わたしはきいた。

「うん。まさか、あんなに泡《あわ》がふきだすなんてね。マンゴージュースは、ふったってどうにもならないのにさ――同じだと思ったんだ！」

「わたしの妹もやったことがあるよ。コーラを持ったままなんども飛びはねたら、栓《せん》がはじけちゃって。うちの天井《てんじょう》には、コーラのしみがまだのこってる」

ナビラはにっこりほほえむと、ムムターズさんに言った。

「ほらね！　あたしだけじゃないんだ。よくある失敗だってさ」

わたしは、ナビラにほほえみかえした。妹のサファがそのときまだ二歳《さい》だったことは、だまっておいた。

栓《せん》をぬき、よく冷えたコーラをひとくち飲む――シュワシュワとはじける泡《あわ》が、妹たちのわらい声を思いおこさせた。

ムムターズさんが、空を見上げて言った。

「最後にまとまった雨がふったのは、いつだったかね。屋敷《やしき》に来たばかりのころは、だんなとテラスに出て、雨つぶがおどるのをいつまでも見てたっけねえ」

「結婚《けっこん》してたんですか？」

「ああ。何年も前のことだが、屋敷《やしき》の庭師《にわし》だった」

「ここでいっしょにくらしてたんですか？」

「そのころは、だんなの実家に住んでた。だけど、あの人が死んじまって、屋敷《やしき》に越《こ》してきたんだ」

ここに住むことをえらぶなんて、だんなさんの実家は、どれほど居心地《いごこち》が悪かったのだろう。でも、わが家のお手伝いさんのパルヴィンさんも同じだ。自分の実家でも、亡《な》くなっただんなさんの実家でもなく、わが家の裏《うら》の小屋に住むことをえらんだのだから。わたしたち家族のそばでくらしたいのだろうと決めてかかっていたけれど、あるいは、もっとふくざつな事情《じじょう》があったのかもしれない。

「ファティマに読み書きを教えてるんだってね。あの子ったら、そりゃあ、ほこらしそうでさ。新しく習った文字をずっと書いてるんだ」ナビラが言った。

「よろこんでるならよかった」

「あんたも、習えばいいじゃないか」ムムターズさんが、ナビラをひじでつつく。「きっとアマルが教えてくれるよ」

「もちろん」ナビラが字を読めないと知っておどろいたが、顔には出さずに言った。でも考えてみたら、ふしぎはない。ナビラは、今のファティマと同じ歳《とし》のころに屋敷《やしき》にやってきたのだ。それまで学校へ行っていたとしても、ここに来たら、学びつづけることはできない。

「そのうちね」ナビラはそう答えると、急に話題を変えた。「若《わか》だんなさまの婚約話《こんやくばなし》の最新《さいしん》情報《じょうほう》、知ってる？」

「いいや」ムムターズさんは、チャイのカップをひざの上におろした。

「ナスリーンおくさまは、ラシーダさんの娘《むすめ》さんを次のお見合い相手に考えてるみたい」

「そりゃおどろいた」ムムターズさんが、首を横にふる。

「ジャワッドさまは、その娘《むすめ》さんのいとこと婚約《こんやく》してたことがあるんだ」ナビラが、わたしに説明してくれた。

「婚約《こんやく》？」

「ほんの一瞬《いっしゅん》だ。二日で、破談《はだん》になったんだから。おおやけにする前に、若《わか》だんなさまの気が変わったそうじゃないか」ムムターズさんは言った。

「ジャワッドさまは、そう言ってるけどね。おこりっぽい性格《せいかく》がばれて、その人にふられたんだ。そうとう落ちこんだらしいよ」ナビラが、冷たくわらう。

「その話がほんとうなら、ばかな女もいるもんだね」とムムターズさん。

「どうしてですか？」わたしはたずねた。「あの人をこばんだのなら、かしこい女性《じょせい》だと思います」

「なに言ってるんだ。おくさまとしてそつなくふるまえて、ジャワッドさまに合わせることができれば、ここのくらしは快適《かいてき》じゃないか」

「そんなの不公平です。どうしてあんな人に合わせなくてはならないんですか？」

「ああ、不公平だね。だけど、それが人生ってもんさ」

またそのことばだ。とうさんがいつも言っていたことば――人生は不公平。そうかもしれないけれど、たったそれだけの理由でどんなことも受けいれ、がまんしなければいけないものだろうか。ジャワッドがふられたといううわさが、ほんとうであればいい。あの人にノーと言える勇気のある女性《じょせい》がこの世にいることを、わたしは心からねがった。

31

ナスリーン夫人は、携帯電話《けいたいでんわ》を切ると、ため息をついた。夫人は、ジャワッドとならんでリビングのソファにすわっている。わたしはチャイを持っていった。テレビの音が低く流れている。

「どうしました？」ジャワッドが、母親にたずねた。

「ゼーバとラホールへ買い物に行く約束をしていたのだけれど、また都合が悪くなったんですって」

「どっちみち、おかあさまだって、たいして行きたくもないんでしょう。近ごろ、あの街の渋滞《じゅうたい》といったら、ひどいもんですよ」

「あなたのいとこの結婚式用《けっこんしきよう》に新しいサリーがいるんです。持っている服はどれも、二《ツー》シーズン前のものなのよ。ゼーバは、孫が生まれてからひまがなくて」

「おひとりで行かれたらどうです？」

「都会にひとりで行くのは、さびしいものよ。いっしょに行きましょうよ。もうずいぶん長いこと、ふたりで出かけていないでしょう」夫人は、息子の手をやさしくたたいた。

「仕事がいそがしいのは、ごぞんじでしょう」

夫人は、顔をしかめた。それから、わたしに目をとめた。

「そうだわ。アマル、あなたがいっしょにいらっしゃい」

「わたしがですか?」

「渋滞《じゅうたい》しなくても二時間の長い道のりです。ドライフルーツと水、それから温かいチャイを入れた水筒《すいとう》を用意してちょうだい」

ジャワッドは、反対するだろうか。この娘《むすめ》を屋敷《やしき》から出してはならない、と。

ところが、ジャワッドは携帯電話《けいたいでんわ》をいじりはじめ、とくになにも言わなかった。


「ラホールに行くんだって?」調理場へもどると、ナビラが言った。

「うん。ドライフルーツとチャイを用意しないと」わたしは、用心深く言った。ナビラは、自分が行きたかったと思っているだろうか。ナビラにあやまってもらってから、わたしたちはそれなりにうまくやっている。でも、あのうらぎりを、すっかりわすれたわけではない。

「荷物がどんどんふえるんだ」ナビラは言った。「しまいには、腕《うで》がちぎれちゃうんじゃないかってほど重くなる。だから、置けるときは荷物を下に置くといいよ」

「アドバイス、ありがとう」そう返すと、ナビラはにっこりほほえんだ。

その日の午後、黒い大型の車に乗りこみ、ナスリーン夫人と向かいあう形ですわった。綿《めん》花畑《かばたけ》、オレンジ畑、サトウキビ畑を通りすぎる。しばらくして大通りを曲がると、なつかしい景色が目に飛びこんできた。毎週のように歩いていた道を、今は車で走っている。青空市場をぬけていく。シャウカットおじさんが、店の外でクルフィ売りのおじさんと立ち話をしていた。わたしは、黒いスモークガラスに両手をおしつけ、市場が遠くすぎさっていくのを見つめた。

「今の人、シャウカット？」ナスリーン夫人はたずねた。

「そうです」

「一瞬《いっしゅん》、おとうさんかと思いましたよ。店はそれほど、にぎわっていなかったけれど」

「商品がとどく日じゃないからです。火曜日と金曜日は、店に入りきれないほどお客さんが来ます」

「週に二回も仕入れているの？　それはたいしたものね」

「通りからは見えませんが、店のおくを広げたんですよ」

「村のくらしは、あまりおぼえていないのよ。住んでいないと、わすれてしまうのね」

　わが家につづく道を通りすぎた。一瞬《いっしゅん》、わたしの家が目にうつった。なんだか小さく見えた。わたしも夫人と同じように、いつか自分の生まれそだった場所のことをわすれてしまうのだろうか。バックミラー越《ご》しに遠ざかる村を見ていると、わたしの一部がうしなわれていくような気がした。

ラホールがどんなところか、知っているつもりだった。でも、本で読んだり、テレビで見たりするのと、じっさいに目で見るのとは、まったくべつだった。規則的《きそくてき》に車が流れるハイウェイとちがい、この街の細い道は、リキシャやバイク、トラック、乗用車であふれかえり、そのすぐ横を自転車と人が行きかっている。道の両わきには、店がひしめきあい、ウルドゥー語と英語の大看板《だいかんばん》をかかげている。

とつぜん、車が急停止した。

「まだ着いていないでしょう？」夫人が、運転手のグラームさんにたずねた。

「あと、もうちょっとなんですが。近ごろよくある抗議《こうぎ》デモに、道をふさがれてしまいました」

「今度は、なにに対する抗議《こうぎ》かしら？」夫人は座席《ざせき》の背《せ》にもたれ、ため息をついた。

「バールシ判事《はんじ》。プラカードには、そう書いてあります」グラームさんは言った。

車は、どなっている人々のあいだをそろそろと進んでいく。

窓越《まどご》しに外を見た。歩道も行く手も、プラカードやポスターを持った人たちでうめつくされている。なかには、判事《はんじ》の顔に赤い怒《いか》りの×印をつけた写真をかかげている人もいた。赤いヒジャブを頭にまいた女の人が、木箱の上に立った。

「バールシ判事《はんじ》を刑務所《けいむしょ》へ！」拡声器《かくせいき》を口にあててさけぶ。

集まったおおぜいの人たちが、そのことばをなんどもくりかえすと、わたしたちの乗っている車がふるえた。

ナスリーン夫人は、不平をこぼした。

「どこかの判事《はんじ》さんが、この人たちをおこらせるようなことをしたせいで、わたしたちが渋滞《じゅうたい》にまきこまれるなんて、とばっちりもいいところですよ。この人たちは、毎週のように腹《はら》を立てるなにかを見つけるんだわ」

目の前で見る抗議《こうぎ》デモには、テレビのニュースからは、けっしてつたわってこない熱気があった。その熱気は、しめた窓《まど》をもつらぬいて、わたしにとどいた。

ようやく市場に着いた。車を急いでおりると、ナスリーン夫人のあとについて、アーチ型の入り口をぬけ、アナールカリー・バザールへ足をふみいれる。サモサとパコラのおいしそうなにおいがただよっていた。わたしの村の市場には、お菓子《かし》を売っている店は一軒《いっけん》しかなかった。ところがここでは、おくのほうまでえんえんとつらなっている。値段《ねだん》をさけぶ男の人の声がひっきりなしに聞こえ、バザールじゅうにひびきわたっていた。スパイスを売っている店は、四軒《よんけん》もあった。どの店にも、ターメリックやチリのほか、見たことも聞いたこともない色とりどりのスパイスが、ところせましとならんでいた。

おおぜいの人々が行きかい、値切《ねぎ》ったり、わらったり、言いあらそったりしている。遠くで車のクラクションの音がする……さまざまな音がひとつにまざりあい、まるで脈打つ鼓動《こどう》のようだ。

それに、ここにいる人たち。わたしと同じように地味なサルワール・カミーズを着ている女の子もいる。ブラウスとズボンというかっこうの女の子もいる。目以外のすべてをおおった女の人もいれば、半袖姿《はんそですがた》の女の人もいる。

遠くの街を旅することに、ずっとあこがれていたけれど、たった二、三時間はなれたこの街でさえ、まるでべつの惑星《わくせい》だ。

靴屋《くつや》さん、かばん屋さん、それから腕輪《うでわ》を何列にもならべた店。もう少し時間をかけて、バザールの雰囲気《ふんいき》を味わいたかったけれど、夫人がサリーの店へと急ぐので、ついていかなければならなかった。

サリーの店に入ると、わたしはおくの壁《かべ》のそばで待った。夫人は、赤いクッションに腰《こし》をおろし、壁一面《かべいちめん》にならんだ生地をひとつひとつ指さした。すると、店の人は、夫人のえらんだシルクの生地を引きだし、目の前に広げていった。まもなく店の床《ゆか》は、緑色や空色や薄紅《うすべに》色《いろ》の海になった。元にもどすのにはひどく時間がかかるだろうけれど、店の人は、まったく気にしていないようだ。夫人は、そのなかから三つをえらんだ。

夫人ほど気ままに買い物をする人は見たことがなかった。サリーを買ったあとも次から次へと店に入り、ほしいものをすっと指さした――金のイヤリング、銀のハイヒール、ルビーの腕輪《うでわ》――すると、それらは、あっという間に夫人のものになった。

車にもどったときには、太陽はしずみかけていた。ナビラの言ったとおり――荷物は、腕《うで》がちぎれそうなほど重い。

ピンク色にそまった空は、車が進むにつれ、むらさき色に変わっていった。わたしの村を通りすぎるころには、日はすっかりくれていた。月の光を浴びた学校を通りすぎた。親友のハフサの家を通りすぎた。

わたしの家を通りすぎた。

「そういえば、シャブナムが結婚《けっこん》するんですってね」ナスリーン夫人がたずねた。

「シャブナムが?」つい聞きかえしてしまった。シャブナムは、ハフサのおねえさんだ。

「シャウカットの娘《むすめ》のシャブナムよ。今週末、式をあげるんですって。シャウカットが結婚《けっこん》持参金《じさんきん》を借りに来たそうですよ。それでも、あの家の経済状況《けいざいじょうきょう》を考えると、ひかえめなお式になるでしょうけれど。おかあさんから聞いていていない?」

「携帯電話《けいたいでんわ》がないんです」

「今どき、ない人がいますか。なぜ持ってこなかったの？」

「屋敷《やしき》についてすぐ、ジャワッドさまにとりあげられてしまったんです」

「ひょっとして、一度も家族と連絡《れんらく》をとっていないの？」

わたしは、こくんとうなずいた。

「かわいそうに、おかあさんは、どんなに心配しているでしょう！」夫人は、目を大きく見ひらいた。「決めました。おかあさんは、自分の目であなたが元気なことをたしかめるべきですよ。三日あげましょう。結婚《けっこん》のお祝いに出て、家族といっしょにすごしていらっしゃい」

「ジャワッドさまは、おゆるしになるでしょうか？」

「ゆるさない理由があって？　休暇《きゅうか》ですよ。あなたにも、休む権利《けんり》があります」

屋敷《やしき》に住みはじめて、しばらくたつけれど、こういう理解《りかい》できないことが多い。でも、そんなとまどいは、一瞬《いっしゅん》で家族に会えるよろこびに変わった。こいしくてたまらなかった。使いなれたベッドの丸みも、かあさんの手料理も、シーマとラービアとサファも、友だちも。

夫人にお礼を言わなければいけないとわかっていた。わたしにとって、どれほど大きな意味があるか、つたえたかった。でも、どうやったら、この感謝《かんしゃ》をあらわせるだろう。ことばが見つからなかった。

うちに帰れる。ほんの短いあいだだけれど、うちに帰れるのだ。

32

「もっと速く走れませんか？」グラームさんにたずねる。

「いつもどおりのスピードで運転してる。おそくも速くもない」

「でも少しくらいスピードを上げたって、だれも損《そん》はしないでしょう？　おねがい」

「車になにかあったら、修理代《しゅうりだい》をはらってくれるか？」グラームさんは、声をたててわらった。

「今日だけ、おねがいだから！」

グラームさんはやれやれというように首をふると、バックミラー越《ご》しに、わたしを見てウインクした。エンジンが大きくうなり、窓越《まどご》しの風景がさっきよりも速く流れていく。

まもなく、わたしの村の景色が目に飛びこんできた。遠くの畑で、水牛がのそのそと歩いている。行く手には、サッカーをしている男の子たち。色あせたボールが、道に転がりでた。

車が急停止する。男の子たちが車を指さし、道をふさいだ。

わたしは、車のドアをおしあけた。

グラームさんが、窓《まど》をあけて首を外に出す。

「なにしてる？　もうちょっとで着くぞ！」

「もう待てません。送ってくださって、ありがとうございました！」わたしは走りだした。見えてきた。かあさんの植えたバラが。

古びた玄関《げんかん》のドアをあけると、ギーッとなつかしい音がした。なかに足をふみいれる。ずっとおそろしい夢《ゆめ》を見ていただけなのかもしれない。今、悪い夢《ゆめ》からさめたのだ。

わたしは、わが家にいる。

長椅子《ながいす》のそばに、ラービアとサファが立っていた。ちょうどけんかの真っ最中で、わたしに気づかない。壁《かべ》にひびく口げんかに耳をすましながら、ふたりの真っ赤なほおと、腰《こし》にあてられた手をしみじみとながめる。

コンロのそばできゅうりの皮をむいていたシーマが、妹たちをだまらせようとふりかえった。わたしに気づき、はっと息をのむ。手に持っていた包丁が床《ゆか》に落ちた。

「おねえちゃん！」シーマが、わたしに飛びつく。だきしめられると、どんな気持ちがするか、わすれていた。

「おねえちゃんだ！」ラービアとサファも、声をそろえてさけんだ。ふたりの目が、イードのお祭りにともされる明かりのようにかがやく。

かけよってきた小さな妹たちを、だきあげた。いつまでも、はなしたくなかった。

「アマル？」

かあさん。赤ちゃんのルブナを腕《うで》にだいている。たらした髪《かみ》は、三か月前より白髪《しらが》が目立った。かあさんは近づいてくると、まるで本物かどうかたしかめるように、わたしの頭をなでた。それから涙《なみだ》ぐみ、わたしをぐっと引きよせた。

「三日だけ、お休みをもらったんだ。結婚式《けっこんしき》があるんでしょう？　ほんとうにうちに帰ってこられた、信じられない！」わたしも、かあさんをぎゅっとだきしめた。

「電話したのよ。毎日毎日。でも出てくれなくて。あるときから、よび出し音もしなくなった。アマルからの連絡《れんらく》をどれほど待ったことか」かあさんは、涙《なみだ》をぬぐった。

「屋敷《やしき》についてすぐ、あの人に電話をとりあげられてしまって。かあさんの声が聞きたくてたまらなかった。とうさんや妹たちの声も」

「シーマ、とうさんをよんできてちょうだい。アマル、ここにすわって。顔をよく見せて」

かあさんは、つかれた表情《ひょうじょう》をしていたけれど、元にもどったように見える。

「この子も、おねえちゃんがいなくてさびしかったって」ラービアが、はぎれでできた布人形《ぬのにんぎょう》を持ってきた。サファもあわてて持ってきた。ふたりはそれぞれ好き勝手に、わたしがいないあいだに起きた冒険《ぼうけん》を次から次へと話した。サファがじょうずにしゃべれるようになっていたのには、おどろいた。赤ちゃんのルブナはぷくぷくと太り、ラービアとサファそっくりのまき毛になっていた。わたしがだこうとして手をのばすと、いやがるようにかあさんの腕《うで》のなかで体をそらした。この子は、生まれたばかりのころ、いつまでもわたしの指をにぎっていたことも、わたしをじっと見つめていたこともおぼえていないのだ。ルブナにとって、わたしはおねえちゃんではなく、知らない人なのだ。

「向こうの……屋敷《やしき》のくらしはどう?」かあさんはたずねた。

わたしは、答えにつまった。うちに帰るのを、ずっと心待ちにしていた。帰ったら、なにもかも話して、心を軽くするつもりだった。でも目の前のかあさんは、娘《むすめ》に会えてこんなにもよろこんでいる。今日までどれほどつらい思いをさせてきたかと思うと、新たな重荷を負わせることはできなかった。

「ナスリーンおくさまは、とてもよくしてくれる。おくさまのお世話係でよかったよ」わたしは、どうにかそれだけ言った。

「そう」かあさんは、ほっと息をはいた。「楽ではないでしょうけど、アマルは強い子だもの」

強い? 強いとは、どういうことだろう。そうなるよりほかに道がなかっただけだ。

そう言おうとしたとき、玄関《げんかん》のドアがあいた。

とうさんが入ってきた。まっすぐに近づいてきて、顔を涙《なみだ》でぬらしながらわたしをだきしめた。とうさんの腕《うで》につつまれ、わが家にもどってきて初めて、わたしは泣いた。

とうさんから体をはなすと、うちのなかは静まりかえっていた。

「ごめん」涙《なみだ》をぬぐう。

「なに言ってるの。ここでは、なにをしてもいいのよ」かあさんは言った。

玄関《げんかん》のドアがまたあいた。

「空耳かと思いましたよ」

パルヴィンさんだ！　わたしは、かけよってだきついた。

「オマールは？」

「それがね、この週末、あの子は説明会に行ってるんですよ」パルヴィンさんは顔をしかめた。

「説明会？」

「そう、全寮制《ぜんりょうせい》の学校《がっこう》の説明会です。おぼえてますか？」

思い出した。小川でオマールから聞いた。大むかしのことのように感じられる。

「この秋に入学するんですよ。新しい生徒たちになじんでもらうよう、学校が週末に説明会をひらいてるんです。アマルと会う機会をのがしたと知ったら、あの子はどれほどがっかりするか」

「うまくいってるみたいで、よかった」

それは本心だった。わたしの未来はうばわれてしまったとしても、オマールには夢《ゆめ》を追いつづけてほしい。

その晩《ばん》、中庭で家族と夕食をかこんだ。かあさんが、鶏肉《とりにく》のカレー煮《に》こみと焼きたてのロティをつくってくれた。わたしは、ほかほかの料理を自分のお皿にとった。ひとくち食べて、どれだけかあさんの手料理がこいしかったかに気づく。ハーミドさんの料理もおいしいけれど、かあさんの手料理にかなうものはない。

「ラービア、字、読めるよ」ラービアが話しかけてきた。

「シーマに教えてもらってるのよ。あと二、三週間したら、学校に通うから」かあさんが言いたす。

「サファは?」サファが、しかめつらをした。

「もっといい子になったらね!」ラービアが、べーっと舌《した》を出す。

シーマがけんかをやめさせ、かあさんがサファをつかまえてひざにのせた。

話題がハフサのおねえさんの結婚式《けっこんしき》にうつると、みんながいっせいに話しはじめ、うまく聞きとれなくなった。わらい声、おしゃべり、妹たちのかん高い声——なつかしい音の洪水《こうずい》にのまれる。わたしはじっとすわったまま、そのすべてにひたって、うしなった時間をうめようとした。

うちはうるさいと、よくオマールに不満をこぼしたものだ。そうぞうしさにがまんできなくなると、いろいろな口実をつくってサトウキビ畑ににげだした。どうして、妹たちのおしゃべりにあんなにいらだったのか。どうして、家の手伝いがあんなにいやだったのか。どうして、そんな毎日こそがかけがえのないものなのだと、うしなうまで気づかなかったのか。

「そろそろ、寝《ね》る時間よ」かあさんは、ロティの最後の一枚《まい》が鍋《なべ》から消えると言った。「シーマ、かあさんがラービアとサファを寝《ね》かしつけるあいだ、赤ちゃんを見ていてちょうだい」

「わたしが見てるよ」

「なに言ってるの。アマルは今日から三日間、わが家のお客さんよ。ゆっくりすごしなさい」

お客さん?

深い意味はなかったのだろう。

わたしを思って言ってくれたのだ。

それでも、この世にひとつしかない自分の居場所《いばしょ》で、「お客さん」とよばれるとは——そのひとことは、するどい石のように、ぐさりとわたしの心を切りつけた。

33

メヘンディに参列するため、ラービアとサファにおそろいの黄色いワンピースを着せた。今夜から、結婚《けっこん》に向けた一連の儀式《ぎしき》がはじまる。あしたおこなわれるおごそかな結婚式《けっこんしき》よりも、陽気な前夜祭メヘンディのほうがわたしは好きだ。おどったり、うたったり、ヘナの葉からとれる染料《せんりょう》を使って、手や足にもようをえがきあったりする。

「ふたりの着がえを手伝ってくれてありがとう」部屋に入ってきたかあさんはそう言うと、わたしとシーマにアイロンをかけたばかりの服をさしだした。「これを着なさい」

オレンジ色のシルクのカミーズに腕《うで》を通し、緑色のチュリダーをはく。前の年の終わりに、いとこの結婚式《けっこんしき》で着たものだ。ずっと質素《しっそ》な綿《めん》の服ばかり着ていたので、シルクの生地は、なめらかで軽く感じられた。

「すてきだね。やっぱり、おねえちゃんは、オレンジ色がよく似合《にあ》うよ」シーマが言った。

「シーマもすてきだよ。そのカミーズ、見おぼえがないけど、わたしのお古をそめなおしたの？」

「ううん。新しく買ってもらったんだ！　あたしの体にぴったり合うように、仕立屋さんが二回もサイズをはかってくれたんだよ！」シーマは、うれしそうにわらった。

「きれいな服だね」

妹が自分のために仕立ててもらった服を着ることができて、よかったなと思う。でも、その理由――シーマがこの家の長女になったということ――を思うと悲しくもあった。

わたしたちの会話は、玄関《げんかん》をたたく音にさえぎられた。

「アマル！」

ふりかえらなくても、声でわかった。親友のハフサだ！

「おかえり！　さっき、帰ってきたって聞いたんだ。アマルのおとうさんなら、お金を用意できるって信じてたよ。ぜったいにできるってさ！」ハフサは、わたしにだきついた。

「この週末だけ帰ってきたんだ」わたしは言った。

「えっ？」ハフサの笑顔が、みるみる消える。だまったまま、シーマをちらりと見て、またわたしに目をもどす。しばらくして、ようやく言った。「とにかく、会えてうれしいよ。元気だった？」

「たいへんだけど、どうにかやってる」

「そっか」

ふたりのあいだに、気まずい沈黙《ちんもく》が流れた。わたしは、ハフサにいろいろとたずねられるのを待った。ジャワッドや、屋敷《やしき》のくらしについて、知りたくてうずうずしているはずだ。なにしろわたしは、「生」の情報《じょうほう》をたくさん持っているのだ。ところがハフサは床《ゆか》に目を落としたきりで、静けさばかりが広がっていった。

わたしは、せきばらいをして言った。

「サディア先生は元気？」

「元気だよ。でも、あいかわらず、授業《じゅぎょう》は時間内に終わらないけどさ」ハフサは、明るさをとりもどして答えた。

「そうそう」シーマがあいづちを打つ。「変わらないものもあるんだよ。とくにここらへんにはたくさん」

「あの建物は、べつだけどね！」ハフサはシーマに言うと、わたしを見てつづけた。「来週、開校するんだって。だれの予想もあたらなかったけど」

「開校？」

「黄緑色のドアの建物だよ。やっぱりカーン一族のものだったけど、工場じゃなかった。識《しき》字《じ》センターだってさ」

なるほど、ナスリーン夫人が友人に自慢《じまん》していたセンターは、あの謎《なぞ》の建物だったのだ。まさか、識字《しきじ》センターが、うちのすぐそばにできるとは。

「だれも行くつもりないけどね。あの一家とかかわりのあるものなんて、だれだってさわりたくもないよ」

「でも、ただなんでしょう？」

「あの人のものが、ただのわけがないよ。アマルがいちばんよく知ってるでしょ？」

そのとき、かあさんが部屋に入ってきた。

「ハフサ。おかあさんから電話があったわよ。ずっとさがしていたみたい」

「いけない！　もう帰らなきゃ。メヘンディには、おくれないでよ。ファラーとおどるから見てね！」ハフサは、返事も聞かずに部屋を飛びだしていった。

ハフサは、わたしがいなくなったあと、あっという間に立ちなおっていたのだ。

わたしがお皿のよごれをこすりおとしたり、夫人の頭をもんだりしているあいだ、ハフサはクラスメイトのファラーと、おどりの練習をしていた。ふたりとも、学校に通えて、将来《しょうらい》の夢《ゆめ》をえがける。ハフサは、わたしがいなくなってさびしいだろうし、心配もしてくれているだろう。でも、ハフサは、なにものにもさまたげられていない人生を進んでいける。一方、わたしの人生は、完全に道からはずれてしまった。

いつの日か、大学へ進んだら、ファラーがハフサのルームメイトになるのかもしれない。

34

ハフサの両親が、家の裏手《うらて》に大きなテントをはって、メヘンディのための会場をつくった。ピンクや緑や黄色の明かりが、なかを照らしている。

わたしは家族といっしょに、カーペットがしかれたテントへと入った。とうさんは、折りたたみ椅子《いす》のならんでいるほうへ歩いていった。夜空の下で、男の人たちが話をしている。ラービアとサファは、わたしのカミーズをぎゅっとつかんだままだ。そうしないと、わたしが煙《けむり》のように消えてしまうとでも思っているのかもしれない。

会場のまんなかにすえられた舞台《ぶたい》に、花嫁《はなよめ》のシャブナム――ハフサのおねえさん――がすわっている。頭に黄色いベール、手にはヘナのもよう。今は足に、花や鳥をあしらった細やかなうずまきもようをえがいてもらっている。

わたしたちは、舞台《ぶたい》のまわりに置いてあるクッションへ向かった。しとやかにしているシャブナムを見て、ついわらってしまう。シャブナムも妹のハフサと同じで、おせじにも物静かなタイプとは言えないが、今日ばかりはせいいっぱい花嫁《はなよめ》らしくふるまっているのだ。

シーマは、ゲストのために用意された、ヘナの染料《せんりょう》が入ったしぼりぶくろをとり、わたしの手にもようをえがきはじめた。

しばらくして、わたしは言った。

「まだ終わらないの？　腕《うで》がしびれてきたよ！」

「がまんして。きちんとやりたいの！　おねえちゃんは、もぞもぞ動きすぎだよ」

「ごめん」それからは、できるだけ動かないようにした。かわくまで何時間もかかるけれど、シーマがてのひらにえがいてくれたこのこげ茶色のもようは、あしたになれば、あざやかなオレンジ色になる。そのうち消えてしまうけれど、屋敷《やしき》にもどってからもしばらくのあいだは、今夜の思い出とともにのこるだろう。

流れていた曲が変わると、ハフサがファラーともうひとりの女の子とおどりはじめた。サナ――ナスリーン夫人の姪《めい》っ子――だ。三人そろって髪《かみ》にマリーゴールドの花をあみこみ、おそろいの衣装《いしょう》を着ている。

まわりに、おしゃべりがうずまいていた。花婿《はなむこ》のうわさ。結婚持参品《けっこんじさんひん》の話。

「アマルったら、かわいそうにねえ」女の人の声がした。肉屋さんのおかみさんが、わたしの横にすわった。「あの怪物《かいぶつ》とひとつ屋根の下でくらしてるんだろ。みんな心配してるよ」

「どんなくらしなんだい？」べつの女の人がたずねた。「一度そばまで車で行ったことがあるけど、道からは屋根しか見えなかった」

「塀《へい》のせいだろ?」近所のおばさんが口を入れた。「塀《へい》や垣根《かきね》をつくって、あたしら庶民《しょみん》が近づけないようにしてるのさ」

「家のなかに滝《たき》があるってのは、ほんとかい?」肉屋さんのおかみさんがきく。

「滝《たき》なんてありません」わたしは答えた。

「何年も前に屋敷《やしき》で働いてた人を知ってるんだ。その人は、リビングに滝《たき》があるって言ってたよ」

「黄金《おうごん》の階段《かいだん》もあるだってよ」近所のおばさんがあいづちを打つ。

「それに、あのナスリーンっておくさまだけど……」肉屋さんのおかみさんは、チッと舌打《したう》ちをした。「市場のすぐ向こうにある村の生まれのくせして、ずいぶんおえらくなったもんだよ。今じゃ、血のつながった家族に会いにも行かないそうじゃないか」

「おくさまは、いい方です。やさしくしてくれます。とっても」これには、ひとこと言わずにはいられなかった。

ところがみんなは、わたしの発言などまるで聞こえなかったかのように話をつづけていく。いかにもゆかいそうな顔をしながら、夫人の過去《かこ》や屋敷《やしき》のあることないことを口にした。

シーマに、手首をぎゅっとつかまれた。

「ほっとけばいいんだよ。つまらないおしゃべりをしてるだけなんだから」

シーマの言うとおりだ。この人たちにとって、わたしの置かれている状況《じょうきょう》はとびきりのネタなのだ。あれこれ言って舌打《したう》ちしては、次の話題へとうつっていく。

この人たちは、ジャワッドのそばを、音を立てないように歩く必要がない。

この人たちは、愛する人から引きはなされてはいない。

悪気がないのはわかっている。この人たちは、ただ運がよくて、わたしが向きあっている現実《げんじつ》がどんなものか、考えもつかないだけなのだ。

35

そろそろ、運転手のグラームさんがむかえに来るころだ。ファティマたちへのおみやげに、わたしのお気に入りのビスケットを数箱スーツケースにつめているとき、玄関《げんかん》のドアをたたく音がした。シーマがドアをあけると、立っていたのはグラームさんではなく、フォジアおばさんだった。

「これをわたしたくって」おばさんは、黄色いラドゥーを入れた箱を持って家のなかに入り、それをテーブルに置いて椅子《いす》に腰《こし》をおろした。

「ありがとうございます。おばさんの手づくりのお菓子《かし》、ずっと食べたくてたまらなかったんです」わたしは言った。

「シーマ」かあさんが妹をよぶ。「これをのせるお皿を持ってきてちょうだい」

「だめだめ、これはアマルに持ってきたんだ。ラドゥーに目がないって知ってるからさ。おわかれのあいさつをしにきたんだよ。それから、ひとつききたいことがあってね」そう言うと、おばさんは少しためらってからつづけた。「ナスリーンさまのおつきをしてるそうだね。アマルのたのみごとなら、おくさまは聞いてくれると思うかい?」

「どうしてですか？　なにかあったんですか？」

おばさんは首を横にふり、目をぎゅっとつぶった。涙《なみだ》がぽろりと落ちた。

「教えてください。どうしたんですか？」わたしは、おばさんの手をにぎった。

「店の天井《てんじょう》をとっかえたのが、はじまりだったんだ。今度は、冷凍庫《れいとうこ》を直すのに、ちょっとばかしお金が必要になった。それから、今回の結婚式《けっこんしき》だ。毎月、はらえるだけはらってるけど、この前やってきたあの男の部下に『返す金を今すぐふやさないなら、手荒《てあら》な方法をとるぞ』っておどされたんだ。でも、これ以上、どうやったってはらえない。むりなんだよ！」

「フォジア。アマルは、ただの女中よ。そんなことをおくさまにたのめる立場じゃないわ。うちだって、どれほど借金があるか」かあさんが言った。

車の止まる音が聞こえ、裏口《うらぐち》がきしんだ音をたててひらいた。とうさんがなかに入ってくると、シーマもあわてて居間《いま》にやってきた。

「運転手さんが外で待ってる。だが、急がなくていいそうだ」とうさんは言った。

フォジアおばさんは、椅子《いす》から立ちあがり、わたしとかあさんを見た。

「まったくあたしは、どうかしてたよ。もしかしたらと考えたら、いてもたってもいられなくなってね」

「気持ちはわかるわ」かあさんは、おばさんをだきしめた。

おばさんが帰っていくと、わたしは、まばたきをし、涙《なみだ》をおしもどしながら言った。

「力になりたかったな」

「アマル、たとえフォジアの家族を助けることができたとしても、またべつの家族がたのんできたらどうするの」かあさんは、わたしを腕《うで》のなかに引きよせた。

そのとき初めて、かあさんの腕《うで》に、なにもついていないことに気がついた。

「金の腕輪《うでわ》は？」

かあさんが、ちらりととうさんを見る。

「売った」とうさんが答えた。

でも、あの腕輪《うでわ》は、長いふわふわの髪《かみ》と同じくらいかあさんの一部だったはずだ。つけていないときなど、思い出せない。

「おねえちゃんが連れていかれたあと、最初にやったことなんだ。なんとかなるだろうって思ってた。でも、金の腕輪《うでわ》のほかに、トラクターを売っても、テレビを売っても……売れるものをすべて売っても足りないんだよ。ぜんぜん」シーマが言った。

かあさんを見た。妹たちを見た。シーマは、両腕《りょううで》で自分をつつむようにして、青白い顔で立っている。わたしをとりもどすために、できることはすべてやり、それでも、うまくいかなかったのだ。家族もまたわたしと同じように、ほかにえらぶことのできない道をただひたすら歩いている。

「わたしは、あそこから出られない。そうなんでしょう？」かすれた声で、とうさんにたずねた。

答えを待った。とうさんは、なにも言わずにわたしを強くだきしめた。

わたしは、家族ひとりひとりをだきしめて、さよならをつたえた。かあさん。妹たち。赤ちゃんにはキスをした。ルブナは、ウーウーとうれしそうな声をあげたけれど、またすぐにこの大きいおねえちゃんのことをわすれてしまうだろう。

うちに帰れば、気が楽になると思っていた。でも、わたしが目《ま》のあたりにしたのは、腕輪《うでわ》をしていないかあさんと、おびえた顔のフォジアおばさん、そして、わたしを知らずに育っていく小さい妹だった。いったいあの人は、どれだけの人生をだいなしにすれば気がすむのか。

どうしてだれも止めないのだろう。

36

屋敷《やしき》にもどったわたしは、とまどった。大理石の床《ゆか》、しみひとつない真っ白な廊下《ろうか》、ほこりや指のあとのない大きな窓《まど》――どれも、なじみぶかいものになっていたからだ。

もどってすぐにナスリーン夫人へ紅茶《こうちゃ》を持っていくと、夫人はにっこりとほほえんだ。ナビラは、わたしの手にえがかれたヘナの細やかなもように見とれた。ファティマは、だきついてきて、仕事が終わったあとに字を教える約束をとりつけるまで、放してくれなかった。屋敷《やしき》に足をふみいれ、おびえずにいられるなんて妙《みょう》な気分だ。わたしの帰りをよろこぶ人がここにいることも、ふしぎに感じた。ほんの少し前まで、どうしようもなくひとりぼっちだったのに。

その夜、衣類にアイロンをかけ、クローゼットにしまいながら、ベッドで横になっている夫人に結婚式《けっこんしき》のようすを語った。夫人は、会場のテントやかざりつけ、シャブナムのつけていたネックレスの宝石《ほうせき》について、くわしく知りたがった。わたしは、ベルベットの花嫁衣装《はなよめいしょう》を細かく説明し、花婿《はなむこ》の家族がゲストに配ったナツメヤシの実とアーモンドの入ったふくろについて話した。するとそのうち、まるで友だちとおしゃべりをしているような気分になった。

「花嫁《はなよめ》の持っていたバッグは、扇子《せんす》くらいの大きさしかなかったのに、お祝儀袋《しゅうぎぶくろ》がぜんぶ入ったんです。きっとなかに無限《むげん》ポケットがかくされてるんだよって、妹のシーマは言ってました」

「わたくしの妹を見かけましたか？」

「はい。おくさまの姪《めい》のサナもいましたよ。メヘンディで、わたしの友だちとおどっていました」

「最後に会ったときは、まだハイハイもできなかったんですよ。それがおどりとはねえ」

「ハイハイ？　でも、サナはシーマと同じ歳《とし》です。ということは、何年会っていらっしゃらないんですか……」

「十一年よ。時は、にげ足が速いですからね」

「家族なのに！」わたしは、あわてて口をつぐんだ。またよけいなことを言ってしまった。でも、ラホールへ買い物に行く時間はあるのに、車で十分のところに住む家族と会う時間はないなんて。

「もちろん会いたいですよ」夫人は、しんみりと言った。「結婚《けっこん》したてのころは、週に一度は帰っていました。でもしばらくすると、大地主の妻《つま》は村の人たちとつきあわないほうがいい、と主人が言いだしたの。そのとおりだと思いましたよ。でもね、主人はわたくしの実家のめんどうをよく見てくれているわ。なにひとつ不自由せずくらせるよう、気を配ってくれて……」

ナスリーン夫人の部屋は、わたしのうちがまるごとすっぽり入るほど広い。口にする食べ物も身につける衣類も最高級品だ。でも、だれよりも会いたい人たちに会えないとは。夫人もまた、鳥かごのなかに囚《とら》われた鳥なのだ。わたしの囚《とら》われている鳥かごよりも、りっぱなだけで。

わたしは、せきばらいをして言った。

「おみやげがあるんです」そして、自分の部屋から箱を持ってきた。

「なにかしら？」夫人がほほえむ。

「ラドゥーです。きっと気に入ってくださいます」

「手づくりかしら！」

「近所のフォジアおばさんがつくってくれました。シャウカットさんのおくさんです」おばさんがこの一族をどれほどおそれているか、それを思うと、屋敷《やしき》でおばさんの名前を口にするのは奇妙《きみょう》な感じがした。

「手づくりのラドゥーをいただくのは、子どものころ以来よ」

「フォジアおばさんは、お菓子《かし》づくりの名人なんです。わたしの親友のおかあさんでもあるんですよ」

夫人は、箱から丸いお菓子《かし》をひとつつまむと小さくかじった。目をとじ、ゆっくりと味わっている。

「お口に合いますか？」

夫人は、すぐには返事をしなかったが、しばらくしてこう言った。

「母の味がするわ」

そのとき、ドアをたたく音がした。ジャワッドだった。

「なんどかけてくれれば、おとうさまは気がすむんだ！　シャワーを浴びているあいだに五回も着信があったんですよ」ジャワッドは、夫人に向かって携帯電話《けいたいでんわ》をふってみせた。

「ジャワッドったら」夫人がため息をつく。

「あいにく、おとうさまにつきあってるほど、ひまじゃないんでね！」

「識字《しきじ》センターの仕事を手伝えば、おとうさまもしつこくかけてきませんよ。あなたをたよりにしているんです。センターがうまくいけば、選挙の票集めにつながるんですよ。でも人が来ないと、どうにもならないわ」

「だからどうだっていうんです？　こっちだって、やることは山ほどあるんです！　くだらないセンターに通うよう、みんなを説得するよりも大事な仕事がね」

「ジャワッド。新聞記者にかぎまわられて、センターに生徒がひとりもいないことが世間に知られてごらんなさい。おとうさまの選挙活動は、大打撃《だいだげき》を受けます。そうなれば、わたしたち家族への影響《えいきょう》もさけられないでしょう。選挙が終われば、生徒がいなくなってもかまいません。それに、来週までにひとりも入学しなければ、センターの先生はやめるとおっしゃっているんですよ」

ジャワッドはおおげさにため息をつくと、わたしに目をとめた。

「こいつは?」

「この子がどうしました?」

「こいつを通わせればいい」ジャワッドは、母親のおどろいた顔を見てわらった。「あながちとっぴな考えじゃありませんよ。週に一回通わせましょう。そうすれば、センターには正式な生徒が一名入るし、先生にはやることができる。一件落着《いっけんらくちゃく》だ」

「ジャワッド。センターは、おとな向けですよ」

「生徒がだれもいないよりは、ましでしょう」

わたしが? 識字《しきじ》センターに通う? それはつまり、また先生に教えてもらえるということだ。もしかしたら、数か月前、学校で教わるのを楽しみにしていた詩の書き方を学べるかもしれない。もしかしたら、本を借りられるかもしれない。

わたしは、期待をおさえて、夫人の顔を見た。すると、夫人は言った。

「わかりました。ほかに生徒が入るまで、この子を通わせましょう」

37

グラームさんは車を道路わきによせ、わたしを識字《しきじ》センターのすぐそばでおろした。あざやかな黄緑色のドアのついた黄色い建物は、慣《な》れ親《した》しんだ灰色《はいいろ》のレンガづくりの校舎《こうしゃ》とはまったくちがった。でも、きらいな色ではない。希望の色だからだ。

なかは、ぬりたてのペンキのにおいがした。天井《てんじょう》のやわらかな明かりが、空間に温かみをあたえている。受付に、三つあみにリボンをつけた若《わか》い女の人がすわっていた。おくには、パッチワークのソファと、雑誌《ざっし》の散らばったコーヒーテーブルがある。

「生徒さん？」女の人が、えんぴつを指先でくるくると回しながらたずねた。見おぼえのある顔だ——市場ですれちがったことがあるか、それとも、近所の人か友だちの親戚《しんせき》かもしれない。小さな村だ、だれとでも、なにかしらつながっている。

「はい。アマルです」

「ああ、はい。お待ちしてました」女の人は立ちあがり、廊下《ろうか》のおくにある教室へ案内してくれた。

教室に着くと、若《わか》い男の人がむかえてくれた。

「おお、生徒第一号だ！　アシフといいます。今日からきみを教えるよ」

「広いですね」わたしは、木の机《つくえ》と椅子《いす》のならぶ大きな教室を見まわした。

「生徒がふえれば、きっとこんなにさみしくは見えないだろう」

「先生の話し方……変わってます」

「なまりかな」先生はわらった。「アメリカの大学に行っていたものだから、英語なまりのウルドゥー語になってしまったようだ。妻《つま》にもよくからかわれる。今の今まで、ふざけてるだけだと思っていたけどね」

「よけいなことを言ってすみません。変じゃないです。気に入りました」わたしは、少しあわてて言った。

「ありがとう。じゃあ今日は、学力診断《がくりょくしんだん》テストをするよ。きみがなにを知っていて、なにを学ぶべきかをたしかめるためだ。いい点をとろうとする必要はない――テストの結果は、授業《じゅぎょう》の計画をたてるための参考にするだけだからね」アシフ先生は、にっこりわらって、机《つくえ》の上にあった冊子《さっし》をくれた。

つんととがったえんぴつを手にとり、冊子《さっし》をひらく。算数のテストや詩、少し前まであたりまえのようにえがいていた「夢《ゆめ》」の香《かお》りがした。

初めのページを見る。

「これは、ウルドゥー語のアルファベットです」

「そのとおり！　一か月後には、ぜんぶおぼえられるよ！　ひとつひとつよく見て、知っている文字を読みあげてごらん。知らないものには、丸をつけよう」

それはそうだろう。また学校に通える、また勉強ができるとすっかりまいあがり、ここがおとなに読み書きを教えるところだとわすれていた。そもそも、わたしは学びに来たのではない。だれかが来たときのためのショーウィンドウのおかざりなのだ。

「まちがってもいいんだよ。だれでもまちがえるものだ。ぜんぶわかるのなら、ここに来る必要はないだろう？」

「来る必要はないんです。アルファベットは、もう知っています」

「それをたしかめるために、診断《しんだん》テストをするんだ。アルファベットをすべて知っているのならば、次はそれをつないで単語を読めるようにする。それから、本に挑戦《ちょうせん》しよう。この講《こう》座《ざ》が終わるころには、アルファベットだけでなく、本をまるごと一冊《いっさつ》読めるようになるよ」

先生は、本のたくさん入ったかごを持ちあげ、机《つくえ》にのせた。表紙の子ネコや子犬が、わたしにほほえみかける。いちばん上の本の表紙が目に入った。ネズミを育てる子ネコの話。ほんの数か月前に、ラービアとサファに読んであげた絵本だ。

「パキスタン初の女性《じょせい》の首相の伝記を読みおえたところです」わたしは言った。

先生の顔から笑みが消えた。

「ベナジル・ブットの伝記ってことかい？　わからないな。そんな本が読めるなら、なぜ入学したんだい？」

沈黙《ちんもく》が流れた。先生はふたたび口をひらいたが、その声には元気がなかった。

「あててみよう。このセンターに資金《しきん》を提供《ていきょう》した人が、選挙に立候補《りっこうほ》するんだね？」

わたしはうなずいた。

「つまり、その人の宣伝《せんでん》のためにつくられたというわけか。そして、今きみがここにいるのは、記者が取材に来たときに生徒がひとりもいないとこまるからだ」

もし、そうだと答えたら、先生はジャワッドに言いつけるだろうか。

「よくある話だ」先生は、答えを待たずにため息をついた。「理由はどうであれ、識字《しきじ》センターを必要としている人はたくさんいる。今朝ぼくは、このあたりの家を一軒一軒《いっけんいっけん》たずねて、チラシを配ったんだ。ひとりでも通ってくれれば、地域《ちいき》全体がもりあがるんだが」

「きっとだれも来ません」

「なぜだい？」先生は、おどろいたようだった。それから、わたしの不安げな表情《ひょうじょう》に気づくと言った。「だいじょうぶ。話してくれないか。なぜだれも来ないんだい？」

「話しても、めんどうなことにまきこまれませんか？」

「それはない。約束するよ。教えてくれるかい？」

「みんな、ジャワッドさまをおそれているからです。あの人のセンターに来るのが、こわいんです」

「しかし、ここはあの人のセンターじゃない。たしかにあの一族が建物や立ちあげの資金《しきん》を提供《ていきょう》してくれたが、そのほかの費用は——ぼくの給料も教材も本も——国から出ているんだよ」

「村の人たちにとっては、だれがなにをはらっているかなど、どうでもいいんです。カーン一族がかかわっている、ただそれだけで、もうじゅうぶんなんです」

「まいったな」先生は、ノートパソコンをとりだした。真っ白い画面に小さな窓《まど》のようなものがあらわれると、先生はそのなかに文字を打ちこんでいった。指がキーボードをたたくたび、画面に文字があらわれる。

「Eメールですか？」

先生はふりむいて、わたしを見た。

「読んでません」自分でも、顔が赤くなるのがわかった。「ただ……テレビで見たことがあって。ナスリーンおくさまも、ときどきやっています」

「そう、Eメールだ。本部の人たちに、状況《じょうきょう》を説明しようと思ってね。対策《たいさく》を考えなくてはいけない」先生は、またパソコンに向きなおった。

「郵便《ゆうびん》とくらべて、どのくらい早くとどくんですか？」

先生はふきだした。でも、わたしのまじめな顔を見て、せきばらいをして答えた。

「郵便《ゆうびん》よりまちがいなく早い。椅子《いす》をこっちに持っておいで。教えてあげよう」

椅子《いす》をならべてとなりにすわると、先生は、Eメールには Eメールアドレスという住所のようなものがあるのだと教えてくれた。自分のEメールアドレスから相手のEメールアドレスへ、一瞬《いっしゅん》でメッセージを送れるという。まるで文字の電話だ。

「ものすごくべんりですね」

「そうだね」先生は動きを止め、わたしをじっと見つめた。「パソコンの使い方をもっと知りたいかい？」

「いいんですか？」

「もちろん。一時間あるからね。ひとつくらい、なにかを学んで帰ってもらわないと」先生は、横に色とりどりの四角がならんだ白いページを画面に出した。「英語は気にしないでいい――クリックとドラッグのやり方を見せるよ。これは基本中《きほんちゅう》の基本《きほん》だ」

先生はピンクの四角をクリックした。それからカーソルを白いページの上へ動かし、ピンクの円をえがいた。次に黒い四角をクリックし、円のなかに目をふたつつけた。それから緑で鼻を、青でわらっている口をえがいた。

「ほら、かんたんだろう？　きみも、やってごらん」

「顔をかくんですか？」わたしはわらった。

「パソコンは、一度コツをつかめばかんたんだ。でも、基本《きほん》はしっかりやっておいたほうがいい。絵をかくなんてばかげていると思うかもしれないが、しっかりした基礎《きそ》があらゆる道を切りひらくんだよ」

先生の絵をまねしていたら、のこりの時間は、あっという間にすぎた。ふくざつな絵にも挑戦《ちょうせん》した。クリック、ドラッグ、ドロップができるようになった。

「次に来るときまでには、文章読解《ぶんしょうどっかい》や算数の学習ソフトをさがしておこう」先生が言った。

「ほんとうにありがとうございました。あの、本を一冊《いっさつ》、借りていってもいいですか？」わたしは、かごを見ながらたずねた。

「このなかから？　ブットの伝記を読む人には、ややたいくつだと思うが」先生はわらった。

「わたしが読むんじゃないんです。ファティマに――屋敷《やしき》で働いている年下の女の子に読ませたくて。その子に読み書きを教えているんです」

「きみも先生というわけだな。もちろん、どうぞ」アシフ先生は、にっこりわらって本を貸《か》してくれた。

先生——わたしが？　ふきだしそうになったけれど、そのとおりだと思いなおした。自分の教室は持ってないけれど、ファティマを教えているのはほんとうだ。わたしは、先生なのだ。

識字《しきじ》センターを出たわたしは、笑顔になっていた。授業《じゅぎょう》を受けるとこんなふうに頭がさえるのを思い出した。ひとつ学ぶと、そこから十の疑問《ぎもん》がわきあがるのを思い出した。学ぶことが人生をどんなにゆたかにするかを思い出した。

新しい先生は、わたしにまた夢《ゆめ》を見るきっかけをあたえてくれた。

38

「びっくりするものを持ってきたよ」あくる日の夜、わたしはファティマに言った。ナスリーン夫人がリビングでテレビを見ているすきに調理場をのぞくと、ファティマは、夕食ののこりを冷蔵庫《れいぞうこ》にしまっているところだった。

「びっくりするもの？」ファティマが、目を細めてこちらを見る。

わたしは、うしろにかくしていた本を前に出した。

「本？　読めるかな？」ファティマが目を見ひらく。

「読めるところもあると思う！　いっしょにどう？　どのことばを知っているか、読んでみよう！」

初めのページをめくると、ファティマは急いでそばによってきた。わたしは、読みはじめた。ライオンに助けられたネズミが、恩返《おんがえ》しをする話だ。ところどころで、ファティマがいっしょにことばを読みあげるのを、信じられない思いで聞いた。もちろん、かんたんなことばばかりだったけれど、ものすごい進歩だ。ファティマが、本を読めるようになってきた。

「ファティマ！　すごい！　もういくつことばをおぼえた？」

ファティマは、かがやくような笑顔を見せた。

そのとき、玄関《げんかん》のベルが鳴った。本をとじ、時計をちらりと見る。ちょうど夕食が終わったところだ。ふつう、こんな時間にやってくる人はいない。

調理場を出て、ファティマと玄関《げんかん》に向かう。先にかけつけたビラルが、窓越《まどご》しに外を見た。ドアノブをにぎったビラルの手がこわばる。あけなくても、だれが来たのかわかった。また警察官《けいさつかん》だ。

ナスリーン夫人が、ゆっくりとした足どりでやってくると同時に、ふたりの警察官《けいさつかん》がなかに入ってきた。この前とは、べつの人たちだった。

「夜分におじゃまして、もうしわけありません。ジャワッドさんと話をさせていただきたい。急を要するのですが、電話がつながらなかったもので」あごひげをはやした警察官《けいさつかん》が言った。

「留守《るす》にしております」夫人は答えた。

「どこにいらっしゃるか、ごぞんじですか？」

「いいえ」

「母親が息子の居場所《いばしょ》を知らないとは」もうひとりの警察官《けいさつかん》がぼそっと言う。

「なんですって？　こう頻繁《ひんぱん》に来られたら、たまったものじゃありません。警察官《けいさつかん》が夜おそくにやってきて妻《つま》にいやがらせをしたと知ったら、主人はだまっていませんよ」夫人が声をとがらす。

「部下が失礼いたしました」あごひげの警察官《けいさつかん》は、ふたりのあいだに入ると、夫人に名刺《めいし》をわたした。「どうしてもジャワッドさんに、うかがいたいことがありましたもので」

「つたえておきます」

警察官《けいさつかん》が出ていくまで、夫人は、かたい表情《ひょうじょう》をくずさなかった。

「こんなことは今までなかったのに。なんて無礼な人たちでしょう。いったい、なにが起きているのかしら？」ふたりがいなくなると、夫人は声をあらげた。名刺《めいし》に目を落とす。携帯電話《けいたいでんわ》をとりだした。「いくつか電話をかけますから、アマルは調理場へ行って、なにか仕事をしてなさい」

夫人は階段《かいだん》を上がり、自分の部屋へ向かった。

「もう一回、読んでくれる？」ファティマが、わたしのカミーズを引っぱった。

「またあしたね」

「もう一回だけ。おねがい」

ファティマを連れて、そっと調理場へもどった。わたしが本を読んでいるあいだ、ファティマはじっと聞いていた。読みおわると、背《せ》のびをしてわたしのほおにキスをした。

「ありがとう」と言って。

字が読めるようになっても、ファティマがわたしと同じようにこの屋敷《やしき》に囚《とら》われている現《げん》実《じつ》は変わらない。床《ゆか》をはいたり、幅木《はばき》のほこりをはらったり、ジャガイモの皮をむいたりする生活はつづく。でも、わたしに読み書きを教わったことで、ここととはちがう世界に通じる窓《まど》を見つけ、塀《へい》の外の景色を想像《そうぞう》し、自由を味わえるようになったのだ。たとえそれが、ほんのわずかな時間であっても。

39

識字《しきじ》センターの教室に入ると、アシフ先生はもう机《つくえ》でノートパソコンのキーボードをたたいていた。まゆをきゅっとよせて集中している。わたしに気づくと、だまってうなずいた。

「貸《か》してくださって、ありがとうございました」先生の向かいにすわり、借りた本を返す。

「その子は、気に入ってくれたかな？」

「はい！　今朝も、くりかえし読まされました。きっと最初から最後まで、おぼえてしまったと思います」

「それはよかった」先生は、にっこりとわらった。「もっとかんたんな本もあるから、今日も借りていけばいい。もしかしたら、その子ひとりで読めるかもしれないね。それから、いい知らせがある！　算数と文章読解《ぶんしょうどっかい》の学習ソフトで、きみにぴったりのものを見つけたんだ。センターにとどくよう手配したから、次の授業《じゅぎょう》で使えるだろう」

「ほんとうですか？　ありがとうございます！」

「とどくのを待つあいだ、オンラインの選択問題《せんたくもんだい》をやってみないか。いくつかかんたんな文章問題を見つけたんだ。多少くだらなく感じるかもしれないが、ソフトの使い方を練習するにはちょうどいい」

先生はノートパソコンをくるりと反対側に向け、わたしのとなりに椅子《いす》を持ってきてすわった。

画面を見て、ついクスクスとわらってしまった。ゾウとイヌとネコとネズミが、わたしにほほえみかけていたからだ。

「だから言っただろう」先生もわらった。

緑色の矢印をクリックする。ページがめくれ、文章があらわれた。


ゾウはイヌを追いかける。

イヌはネコを追いかける。

ネコはネズミを追いかける。

ネズミはアリを追いかける。

アリはゾウを追いかける。

めぐりめぐるよ、世の中は。


「さて、内容《ないよう》はともかく……選択問題《せんたくもんだい》に進もう。下のボタンをクリックしてごらん。べつの画面がひらいて、そこに問題が書いてある」

わたしは、パソコンの画面をじっと見つづけた。

「どうしたんだい？」

「ひどい」

「なにが？」

「この詩です。どの動物も、追いかけもすれば、追いかけられもする。力は平等にあたえられていると言っています。でも、そんなのはうそです。現実《げんじつ》は、ゾウが支配《しはい》しています。ネズミやネコやアリは、どうあがいても、けっきょくはゾウにやられるんです。そうでないと見せかけるのは、おろかなことです」

「しかし、こういうことわざもある。『ゾウがおそれるものはただひとつ、アリである』ってね。それがうそかほんとうかは――」

「うそです。大は小をおそれません。最後には、大が勝つと決まっています」

「この詩は、子どもたちに正義《せいぎ》と公平を教えようと――」

「でも、世の中は公平じゃない！　わたしを見てください。たてついてはいけない人にたてついたせいで、のこりの人生をずっと、使用人としてすごさなくてはならなくなりました。一生、借金を背負《せお》いつづけるんです。教師《きょうし》になるのが夢《ゆめ》だったのに。大学に行きたかったのに。絶大《ぜつだい》な権力《けんりょく》を持ったったひとりの男に、わたしの夢《ゆめ》は、にぎりつぶされました。その男を止めようと立ちあがった人たちが、どうなったか知ってますか？　村をまるごと焼きつくされたんです。だれもいなくなった村を、わたしはこの目で見ました。村の人たちは、なにもかもうしなった。でも、あの人は？　より多くを手にしました。いつだって強い者が、なにもかもひとりじめにするんです。強い者は、弱い者のことなどなんとも思っていません。世の中は、この詩のようにはいかないんです」

手がわなわなとふるえた。机《つくえ》におしつけ、気持ちを落ちつかせる。たわいもない詩に、どうしてこれほど気持ちをかきみだされてしまったのだろう。あやまろうと口をひらきかけると、先生が先に話しはじめた。

「悪かった。きみの事情《じじょう》を知らなかったんだ。しかし、どんなに状況《じょうきょう》が困難《こんなん》であっても、いや、困難《こんなん》であるからこそ、希望をうしなってはいけないんじゃないかな。ものごとは変わるものだ。きみの状況《じょうきょう》もいつか変わるかもしれない」

先生は、心からそう信じているようだった。もう少し世間知らずだったら、わたしも信じたかもしれない。

「ぼくのひいおじいさんは、裁判官《さいばんかん》だったんだよ」先生はつづけた。「おじいさんは弁護士《べんごし》だった。父は現役《げんえき》の弁護士《べんごし》で、最高裁判所《さいこうさいばんしょ》に立ったこともある。父に教師《きょうし》になりたいと言ったときは、鼻でわらわれたよ。授業料《じゅぎょうりょう》を出さないとおどされもした。しかし、ぼくは意志《いし》をつらぬいた。自分で道を切りひらいたんだ。そして、家族のなかで初めての教師《きょうし》になった。ささえてくれる人はだれもいなかったが、やりたいことをやりとおした。なにも変えられないとあきらめていたら、なにも変わらなかっただろうね。たしかに、きみの状況《じょうきょう》とはちがうだろうけれど。それに、変わらないと思っていても、ものごとが変わっていくこともあるんだ」

「先生は都会で育ったからです。小さな村では、そうはいきません」

「そんなことはない。パキスタンじゅうの村が変わってきているんだよ。このあたりもね」先生は、少しためらったあと、言いなおした。「いや、とくにこのあたりがね」

先生が、パソコン上の詩の画面を小さくし、べつのサイトをひらく。文字を打ちこむと、ニュース記事がぱっとあらわれた。

サリム・ムシュタークさん　いまだ行方《ゆくえ》わからず
警察《けいさつ》が地元の大地主を取り調べ

写真のジャワッドが、わたしをじっと見ていた。

「ここからそう遠くない場所で、外交官の息子の行方《ゆくえ》がわからなくなったそうだ。どうやら、これまでもこのあたりで行方不明《ゆくえふめい》になった人が、けっこうな数いるらしい。しかし、今回いなくなったのはおえらいさんの息子だし、選挙も近い。警察《けいさつ》も捜査《そうさ》に本腰《ほんごし》を入れないわけにはいかなくなって、ジャワッド氏の関与《かんよ》を調べている」

画面の上でジャワッドの目が、ぎらぎらと光っていた。

「二、三年前だったら、カーン一族の者を取り調べようなどとは、だれも思わなかったはずだ。しかし、今パキスタンじゅうの人たちが、現状《げんじょう》を変えようと立ちあがっている。世の中は変わろうとしているんだ」

それがほんとうであることをねがいはしたが、信じるのはむずかしかった。けっきょくのところ、アシフ先生は、よく知らないのだ。このあたりの村がどういう仕組みで動いているか、カーン一族のような絶大《ぜつだい》な権力者《けんりょくしゃ》にどれほど村の人たちが支配《しはい》されているかを。

40

メインテラスへ出る戸口で、わたしとナビラとビラルは、ナスリーン夫人を見ていた。夫人は、すっかり冷めた紅茶《こうちゃ》のカップを両手に持って、たたんだ新聞をひざにのせたまま、籐《とう》の椅子《いす》にぼんやりとすわっている。

「なにがあったんだ？　あんなおくさま、見たことがないよ」ナビラがたずねた。

「もう何日もジャワッドさまが帰ってこないのさ。しかも、一度も折り返しの電話がないらしい」ビラルが答えた。

「今朝も、おくさまが電話をしているのが聞こえた」わたしはうなずいて言った。「大だんなさまの留守電《るすでん》にも、メッセージをのこしてたみたい。ものすごく動転していて、泣きだしてしまいそうだった」

「きっと、ジャワッドさまに、なにかまずいことがあったんだ。最近、外出するときにおれを連れていかないのも、そのせいだ。そうすれば、なにも知られないと思ってるんだ」

「新聞で読んだんだけど」わたしは声を落とした。「ある人の行方不明《ゆくえふめい》に、ジャワッドさまがかかわっているかもしれなくて、警察《けいさつ》が捜査《そうさ》しているみたい」

「その行方不明《ゆくえふめい》になった人って？」ナビラがたずねる。「警察《けいさつ》がこの一族のことをかぎまわるなんて、よっぽど大物なんだね」

ふいにムムターズさんがあらわれ、まゆをひそめた。

「いいかげんにしな。まさか、あたしらのご主人さまのうわさをしてるんじゃないだろうね。だんなさまたちがなにをしようと、使用人が首をつっこむもんじゃないよ」

ナビラはわたしをちらりと見ると、やれやれというように目をぐるりと回した。それからなにか言おうとしたが、その前に玄関《げんかん》のドアがバタンとしまる音がした。メインテラスにジャワッドが姿《すがた》をあらわし、ナスリーン夫人が目をまるくする。ジャワッドの横には、白いサルワール・カミーズを着た、濃《こ》い口ひげとゆたかな白髪《はくはつ》の男の人がいた。夫人は飛びあがって、ふたりにかけよった。

「おかえりなさい！　もう二度と帰ってこないんじゃないかと心配しましたよ」

「例の事件《じけん》をきれいさっぱりかたづけたくてな。今日じゅうに、けりをつけてくる」白髪《はくはつ》の男の人、カーン氏が言った。

「ムムターズ、主人の着がえをクローゼットから出しておいて」

「その必要はない。夜にはまた出発する」

「なんですって？　ようやく帰ってきたのに、一晩《ひとばん》も泊《と》まらないんですか？」夫人の表情《ひょうじょう》がくもった。

「ぬきさしならない状況《じょうきょう》なのだ。連邦捜査官《れんぽうそうさかん》が動いている。地元の警察《けいさつ》のようにかんたんには、ふりはらえん。むろん、ここのやつらも、うるさくなったものだが」カーン氏は、息子をにらみつけた。「おまえを屋敷《やしき》にのこしたのは、地元をまかせるためだった。それがまさかこんな騒動《そうどう》を起こすとは」

「この行方不明事件《ゆくえふめいじけん》と関係があるんですか?」夫人は、新聞をかかげた。「これを読んで、初めて知ったんですよ。これでは、村の人たちと変わらないじゃないですか」

「おかあさま、だからなんども言ってるじゃないですか。この件《けん》で心配をかけたくないんです」

「とつぜん失礼な警察官《けいさつかん》が家にやってきて、心配せずにいられますか。あんな無礼なまねをされたのは初めてです」

「おまえに無礼なまねをしたのか?」カーン氏の顔が、怒《いか》りで赤くなる。

「ええ。なぜわたくしが、なんどもあなたたちに電話をかけたと思っているんです?」夫人は、息子をまっすぐ見て言った。「ジャワッド、せめてメールで無事を知らせることくらいできたでしょう。警察官《けいさつかん》にあんなふうに家にふみこまれて――なにが頭をよぎったか、わかりますか?」

「すみません」

「すべてまかせなさい。もう二度とそんなまねはさせん」カーン氏は言った。

「それから、新聞に書いてあることですけど……」夫人は、首を横にふった。目に涙《なみだ》があふれていた。

「ジャワッドは、でたらめだと言っておる。たしかに、その青年はジャワッドに会いにきた。よっぱらって、村の男たちと賭《か》けをした。負けた。金をはらうのをこばんだ。そして、行方《ゆくえ》不明《ふめい》になった。ずいぶんとなまいきなおぼっちゃんだったそうじゃないか。おそかれ早かれ、トラブルにまきこまれていただろう。いずれにせよ、近いうちに解決《かいけつ》する。うちには、いっさい関係ない」

ジャワッドの携帯電話《けいたいでんわ》が鳴った。ジャワッドは、画面を横目で見るなり、ポケットにぐいっとつっこんだ。

「ビラル、食事はおれの部屋に運べ」

「はい、かしこまりました」ビラルが、足早に立ちさる。

わたしは、カーン氏が夫人と話しているのを見ていた。

そこにいるのは、子どものころにさんざん聞かされた物語の怪物《かいぶつ》だ。毎日行き来する屋敷《やしき》の廊下《ろうか》の壁《かべ》にかけられた写真の人。村の母親たちが、早く子どもを食べおわらせようと、おどしに使う人さらい。わたしがサファくらいの歳のころに想像していたカーン氏は、するどいきばを持つ赤い目をした身長三メートルの大男だった。親友のハフサは、火をはくと言っていた。

その人が今、ほんの数歩しかはなれていないところにいる。三メートルの大男でもなければ、火をはきもしない。

カーン氏もジャワッドも、権力《けんりょく》をふりかざす卑劣《ひれつ》な人間だ。

でも、もしかすると、そんなふたりも無敵《むてき》ではないのかもしれない。

41

「大だんなさまと若《わか》だんなさまが出かけるのは、夕食後だ。本を借りたいなら、そのときがいい」その日の午後、昼食のあとかたづけをしていると、ビラルが教えてくれた。

わたしは、お礼を言って、ぬれた手をふき、使用人用のテラスへ向かった。今日は、だれもいない。ふーっと息をはき、こめかみをおさえる。カーン氏がとつぜん帰ってきたせいで、料理人のハーミドさんは豪勢《ごうせい》な昼食を用意するよう命じられた。わたしもめいっぱい手伝ったので、くたくただった。ほんの少しでいいから、椅子《いす》にすわってひと息つきたい。でもさっき、ムムターズさんがナビラに、メインテラスのティーカップをかたづけるよう言いつけていた。ナビラはまだ、昼食の食器を棚《たな》にしまっている。わたしが先にかたづけはじめれば、使用人みんながそれだけ早くひとやすみできる。

庭の花々が昼さがりのすずしい風にそよぐのを見ながら、茂《しげ》みのおくにあるメインテラスへと向かった。と、そのとき、だれかの話し声がかすかに流れてきた。茂《しげ》みの手前で立ちどまる。ほんの数歩先の茂《しげ》みの向こうから、男の人たちの声が聞こえた。ジャワッドとカーン氏の声だ。

「じゃあ、どうすればよかったんですか？」ジャワッドは、声をあらげた。「あの男は、自分から賭《か》けにいどんで負けたくせに、金をはらわず、逆《ぎゃく》におどしてきたんですよ。それなのに、なぜ、ぼくががまんしなくちゃならないんです？　そんな非礼《ひれい》をゆるしていたら、この家の名がすたります」

「おまえのせいで、連邦捜査官《れんぽうそうさかん》が首をつっこんできた」カーン氏が言った。

「なにも見つかりやしませんよ。部下に、かたづけさせましたから」

「そうだといいがな。おたがいのために」

「だいじょうぶですよ。ぼくに借りのあるやつらばかりですから、いつも注意深くやってくれます。ぼくになにかあったら、あいつらだって、収入源《しゅうにゅうげん》がなくなりますからね」

「今回は、だれを使った？」

「レーハンです。あいつひとりにまかせました」

「捜査《そうさ》が一段落《いちだんらく》したら、死体をもっと遠くにうつせと言っておけ。屋敷《やしき》のすぐそばにあると思うとかなわん」

ふいに会話がとぎれた。

遠くでドアがあいて、またしまる音がした。

胸《むね》がしめつけられた。ジャワッドの部下たちが、村の人をおどしたり、畑をあらしたりするのは知っていた。でも、人殺しまでするとは。フォジアおばさんは、返すお金をふやさないなら手荒《てあら》な方法をとる、とおどされた。それはつまり、おばさんも同じ目にあうかもしれないということか。

わたしは茂《しげ》みからあとずさりした。そのとき、うしろにだれかがいるのに気づいた。ナビラがこちらを見ていた。ただならぬ顔つきをして。

今の話をどこまで聞いたのだろう。

「ナビラ」わたしが口をひらきかけると、ナビラは、必死に首をふり、人さし指を口にあてた。

「しゃべっちゃだめ。だれが聞いてるかわかんないよ」そうささやき、テラスや窓《まど》を目でしめした。

42

「ナビラのようすが変なんだよ」その日の夕方、ムムターズさんが言った。

「どういう意味ですか？」

「昼になにも食べなくってね。そのちょっと前には、使用人棟《しようにんとう》でふらふらしてるのを見かけたんだ。泣いてた。けど、理由をたずねても言わないんだよ」

「わたしがきいてみます」

使用人棟《しようにんとう》へ向かい、ドアが半びらきになっている部屋をひとつひとつのぞいて、ようやくナビラを見つけた。ベッドの上に足を組んですわり、手のつめをじっと見つめていた。コンクリートの床《ゆか》はうすよごれ、壁《かべ》にひびが入っている。

わたしも、こういう部屋をあてがわれていたかもしれない。

「話をしない？」

「今はだめ」ナビラは、顔を上げもしないで小声でいった。「今夜、ジャワッドさまと大だんなさまは出かける。みんなが寝《ね》しずまったら、図書室に来て。ビラルと待ってる」

ナスリーン夫人の部屋をようやくぬけだし、図書室に行ったときには、ナビラとビラルはすでになかにいた。小さなデスクライトしかともっていない部屋は、うす暗かった。

わたしがドアをうしろ手にしめると、ナビラは窓辺《まどべ》に近づき、出窓《でまど》に置かれた小さな陶器《とうき》の鉢植《はちう》えを持ちあげた。そして、土のなかから鍵《かぎ》を一本とりだした。

「ナビラ、まずいよ」とビラル。

「どうしても知りたいんだ」ナビラはきっぱり言うと、わたしに鍵をさしだし、銀色のキャビネットを指さした。「おねがい、手伝って。ジャワッドさまは、村の人たちの借金を記録して、あそこに保管《ほかん》してるんだ。あのキャビネットのなかを見れば、だれがどれだけ借りてるかわかる。ラティーフって名前がないか、調べてほしい。バーバル・ラティーフ」

「その人は、ジャワッドさまからお金を借りたの？」

「たぶん、そうだと思う」

「ナビラ……」ビラルが、ため息をつく。

「わかってる。でも、どうしても知りたい」

わたしは、いちばんはしのキャビネットの鍵《かぎ》をあけ、なかを調べた。ラティーフという名前は、二番目のキャビネットで見つかった。

「あった」ファイルをぬきだし、ナビラに見せる。

「なんて書いてある？」ナビラはたずねた。涙《なみだ》がひとつぶ、ほおをつたって落ちた。

ビラルは、ナビラの肩《かた》に腕《うで》を回した。

「何回か、お金を借りてる」わたしは、手書きの記録に目を通した。「ギャンブルの借金、バイクを買うお金。でも、記録は、五か月前でとだえてる」

「だろうね。五か月前に死んだから」

「えっ？　ナビラの親戚《しんせき》かなにかだったの？」わたしはファイルから目を上げた。

「いとこだよ。ラティーフだけは、あたしのことをわすれずにいてくれたんだ。ずっと気にかけてくれてた。だれよりもやさしかった。でも、この近くの畑で、死んでるのが見つかったんだ。その朝、あたしに会いにきてくれたばかりだったのに。でも少なくともなにがあったか、これではっきりした」ナビラの声はふるえていた。

「ナビラ、なんて言ったらいいか……」

ナビラは泣きくずれた。体がわなわなとふるえていた。わたしが腕《うで》を回しても、はらいのけもしなかった。

「なんで知る必要があったんだ？　だから、やめろって言っただろ。きずついただけじゃないか。知ったところで、なにも変わらないのに」ビラルが、キャビネットをけっとばす。

なにも変わらない。またそのことばだ。

大地主一族はあまりにも力がありすぎて、はむかってもどうにもならないのだ。それでも……。

「むりそうだからといって、やる前からあきらめていいのかな?」

ふたりは、同時にふりむき、わたしを見た。

「やるってなにを? おれたちにやれることなんか、なにもない。だれも、なにもできやしない」ビラルが言った。

「でも、やってみることはできるんじゃないかな? ジャワッドさまを止めるために」

「どうやって?」ナビラが、涙《なみだ》をふりはらう。

「わたしたちが耳にしたことをだれかに話すの——ジャワッドさまが外交官の息子を殺したと言いつけよう。そうすれば、なにかが起こるかもしれない」

「それ、いいね」ナビラが皮肉っぽく言う。「きっと、若《わか》だんなさまたちの話より、あたしらの話を信じてくれるよ」

ナビラの言うとおりだ。だれも使用人の話など本気でとりあってくれないだろう。

するとビラルがせきばらいをし、声を落として言った。

「けど、話だけじゃなかったら? 死体がほんとうに見つかったら?」

「ビラル、まさか」ナビラがつぶやく。

「おつきってのは、知りたくないことまで知ってしまうんだ」ビラルは、うつむいてつづけた。「『ミナワラ方面』って道路標識《どうろひょうしき》から三つ目の木の下にうまってる」

三人とも、しばらくだまりこんだ。

「でも、だれに話すんだ？」ナビラがたずねた。「ムムターズさんなんか、こんな話をしてると知っただけで、あたしらを殺そうとするかもよ」

「それなら、当てがある。識字《しきじ》センターの先生だよ。おとうさんが弁護士《べんごし》だって言ってた。あの先生なら、だれにつたえればいいか、きっと知ってる」

あまりにもきっぱりと言ったので、自分でもうまくいくと信じそうになった。ほんとうのところは、弁護士《べんごし》が助けてくれるものなのか、そもそもアシフ先生が信じてくれるのかも、わからなかった。でも、やるしかない。

なにも変えられないとあきらめていたら、けっして、なにも変わらないのだ。

43

ナスリーン夫人とジャワッドが、ダイニングルームで朝食をとっている。ムムターズさんが、焼きたてのパラーターとやわらかく練ったバターののったお皿を持ってくる。すべてはふだんどおり。いつもと変わらない朝だ。そう自分に言いきかせる。

ナビラが、オレンジジュースのグラスを夫人のお皿の横にひとつ、ジャワッドのお皿の横にひとつ置いた。ジャワッドは、夫人と話をしている。着ているグレーのスーツは、すっかりくたびれている。新しいのがいるだろう。

食事が終わると、ジャワッドはあくびをし、目をこすった。

「チャイは、いりません。もう少し寝《ね》てきます」

「ほら、ごらんなさい。働きすぎですよ。四六時中《しろくじちゅう》起きていて、だいじょうぶな人などいますか」夫人は、息子をとがめた。

わたしは、お皿を集めて調理場へもどった。鍋《なべ》やフライパンをあらい、手をふく。かばんを肩《かた》にかけ、グラームさんの待つ車へと向かった。

せまい廊下《ろうか》をアシフ先生の教室へと急ぐ。なかに入ると、先生は机《つくえ》で書類を整理していた。

「助けてください」いきなり、わたしは言った。落ちつこうとしても、なにかに追われているような気がしてあせってしまう。部屋がぐるぐる回った。

先生は、わたしの腕《うで》をつかみ、椅子《いす》にすわらせた。

「息を大きくすってごらん。そう、その調子だ。よし、話して。どうしたんだい？」

あらいざらい打ちあけるつもりはなかったのに、ことばが止まらなかった。屋敷《やしき》にやってきた警察官《けいさつかん》。死体。村の人たちへのおどし。

なにもかも話しおえて、ようやく息をついた。先生の顔は真っ青だった。

「すみません。先生にごめいわくをかけるべきではないと、わかっているんですけど」

「あやまる必要はない。教えてくれてありがとう」

「『ミナワラ方面』の道路標識《どうろひょうしき》から三つ目の木の下です」声がふるえた。「そこに死体がうまっています。まだあるといいけれど。先生か先生のおとうさまなら、この情報《じょうほう》をだれにつたえればいいか、ごぞんじだと思ったんです。おとうさまは、弁護士《べんごし》なんですよね？」

先生は、しばらくわたしを見つめ、それから両ひじを机《つくえ》についてこめかみをおさえた。

「父につたえても、きみの望むような結果になるとはかぎらない。それに、もし、この話がジャワッド氏の耳に入り、出どころがぼくだと知られたら、きみがうたがわれる」

「えっ。そこまでは考えていませんでした」

「きみはジャワッド氏の家に住んでいるんだ。ばれたら、ひどい目にあうだろう」

だれもいなくなったハザラバード村を、焼きつくされた畑を、思い出した。黒こげになったオレンジの木を、フォジアおばさんを、思い出した。

「でも、やってみる価値《かち》はあります」

「まずは父に電話して、意見をきいてみよう」

「先生、ありがとうございます。このご恩《おん》は一生わすれません」

「恩《おん》など感じる必要はない」先生は、しばらくわたしをじっと見つめると、ようやくこう言った。「きみほど勇気のある子には、会ったことがないかもしれない」

「勇気などありません。とてもこわいです。ただ、そうするしかないんです」

「ほかにも道はあるんだよ。でもきみは、どんなにこわくても、自分が正しいと思う道を進もうとしている――それを人は勇気とよぶんだ」

44

ナスリーン夫人が、ダイニングルームで息子と朝食をとりながら花嫁候補《はなよめこうほ》について話している。

「よい家柄《いえがら》の娘《むすめ》さんなのよ。きれいだし。会うだけ会ってごらんなさいよ。おとうさまは、うちと同じで政治家《せいじか》でいらっしゃるの。将来《しょうらい》、あなたの助けになるかもしれませんよ」

ジャワッドは、フンッと鼻を鳴らした。

「ぼくは、このいなかで、せいぜい人生を楽しむよう言われたはずですがね。政治《せいじ》なんて、どうでもいいですよ。ぼくは、とても重要な仕事をしているんです。このいなかでね」

「ジャワッド。二十四歳《さい》にもなって、ひねくれた言い方はやめなさい」

「花嫁候補《はなよめこうほ》なら、今月だけでもう四人も会ったじゃないですか。いい娘《こ》がいなかったのは、ぼくのせいじゃありません」

「いいですか、自分でもわかっているでしょうけど」夫人は、声を一段《いちだん》低くした。「もういいかげんに過去《かこ》のことはわすれなさい。きっと同じくらい好きな人は、あらわれますよ。でも、会ってみないと、どうにもならないでしょう」

ジャワッドは、視線《しせん》をテーブルに落とした。

「わかりましたよ。会えばいいんでしょう、会えば」

わたしは、目の前の光景を静かに見つめていた。母と息子のふつうの会話。からになったお皿をかたづける女中。くだいたピスタチオを散らしたライスプリン、キールを持ってくる使用人。調理場のドアがあくたびにただよってくる、チャイを煮出《にだ》している香《かお》り。

アシフ先生にあの話をしてから、一週間がたとうとしていた。来る日も来る日も、だれかがドアをたたくのを、電話のベルが鳴るのを、ジャワッドの顔に恐怖《きょうふ》の色がうかぶのを、待っている。

だが、なにも起こらなかった。

いつもと変わらない日々がすぎていく。

手がふるえた。廊下《ろうか》に出て、気持ちを落ちつかせる。

ファティマが、そばにやってきた。

「今日の夜ね、自分でお話を考えてみようと思ってるの。おとうちゃんが、紙ととんがったえんぴつをくれたよ。物語に出てくる女の子に、アマルって名前をつけるよ！　びっくりさせるつもりだったんだけど、どうしてもがまんできなくて言っちゃった！　でね、助けてほしいの。絵は、ぜんぶ自分で書くよ。お仕事が終わったら、手伝ってくれる？」

「もちろん」

ファティマがあらすじを語りはじめたので、てきとうにあいづちを打った。

やっぱりこの一族には、だれも手が出せないのかもしれない。

けっきょく、なにも起こらなかったではないか。この先も、なにも起こらないのだろう。一族は、ここ一帯の村々をむかしから支配《しはい》してきた。今日、夫人は息子を花嫁候補《はなよめこうほ》に引きあわせる。いつか、ジャワッドは結婚《けっこん》するだろう。そして、子どもができ、その子どもがまた支配《しはい》する。

その連鎖《れんさ》をたちきることができると、わたしは本気で思ったのか。

「聞いてないでしょ？　どうしてアマルは、いつも考えごとをしてるの？　人の話を聞くのも楽しいよ」ファティマが、大きな声をあげた。

「ごめん。朝食のかたづけが終わったら、ちゃんと聞くね」

そのとき、かすかにドアのベルの音がした。ドアをはげしくたたく音がつづく。

ダイニングルームへもどると、ジャワッドが手をふいたナプキンをお皿の上にほうりなげたところだった。

「警察《けいさつ》かしら？」夫人が言う。

「ほかにだれがいます？」

「どれくらいかかりそう？」夫人は腕時計《うでどけい》に目をやった。「一時間後にお見合い相手のご家族と約束しているんですよ。いいですね？」

「すぐ追いかえしますよ」

足音が玄関《げんかん》のほうへ遠ざかっていく。

次の瞬間《しゅんかん》――。

ジャワッドの抵抗《ていこう》する声が聞こえた。

どなり声をあげ、ののしっている。

わたしは、玄関《げんかん》ホールへと走った。ファティマもついてくる。夫人の顔は、紙のように白かった。警察官《けいさつかん》は三人いた。どれも初めて見る顔だった。

ジャワッドの手首に手錠《てじょう》がかけられた。

「なにかのまちがいだ！　父と話をしろ。こんなことしやがって。父に言いつけてやる」ジャワッドがどなる。

「すでに、ごぞんじだ。数時間前、警察署《けいさつしょ》にご同行いただいたんでね」警察官《けいさつかん》のひとりが言った。

これを聞いたとたん、夫人は金切り声をあげた。おどしたり、泣きついたりしたが、警察《けいさつ》官《かん》は無反応《むはんのう》だった。まるで夫人など、見えていないかのように。

ビラルがやってきて、そばの壁《かべ》にもたれかかった。ほかの使用人たちも、集まってきた。ムムターズさんは、足早に夫人にかけより、その体をささえた。

わたしは、あけはなたれたままの玄関《げんかん》のドア越《ご》しに、ジャワッドが警察《けいさつ》に連れていかれるのをじっと見ていた。

ついに、そのときがきた。

ジャワッドが逮捕《たいほ》された。

45

ナスリーン夫人の部屋に、テレビの音が低く流れている。

ジャワッドが連行されて四日がたった。初めの一日二日、夫人は朝になるとテレビをつけ、息子がまちがって逮捕《たいほ》されたと報道《ほうどう》されるのを待っていた。だが、捜査官《そうさかん》がやってきて銀色のキャビネットに入ったファイル――村の人たちに貸《か》したお金が記録されているファイル――をすべて押収《おうしゅう》していくと、望みをなくしたようだった。

テレビや新聞でジャワッドの顔を目にするのには、なかなか慣《な》れなかった。

今では、遠くに住む人たちでさえ、わたしの村――地図の上で点にもならない、小さな村――の名前を知っている。今朝のテレビには、見なれた川や野原、オレンジ畑や青々としたサトウキビがうつっていた。アナウンサーは、変わりゆく時代とともに、地域《ちいき》に根づく古い体制《たいせい》を見直すべきであるとつたえていた。

ベッドわきのサイドテーブルに置かれた新聞にも、同じようなことが書いてあった。

封建制《ほうけんせい》の崩壊《ほうかい》

地方地主が失脚《しっきゃく》

ひとりの青年の思いあがりがまねいた

大地主一族の破滅《はめつ》

メディアは、この事件《じけん》の情報源《じょうほうげん》を地元の警察官《けいさつかん》であるとした。その人は、会見でたくさんのマイクを前にそれをみとめた。わたしは、いちばん初めに会った口ひげの警察官《けいさつかん》だとすぐに気づいた。この人はきっと、これからのジャワッドの裁判《さいばん》でも、証人《しょうにん》のひとりとして注目を集めるのだろう。

夫人に目をうつす。テレビの画面をぼんやりとながめている。目は真っ赤で、肌《はだ》はあれていた。ほおは、きのうよりさらにこけたように見える。

もうこれ以上だれも、ジャワッドにきずつけられることはないと思うとうれしかったが、夫人の悲しみの原因《げんいん》が自分にもあると思うと気がとがめた。まったく逆《ぎゃく》の感情《かんじょう》が、同時にわきあがるとはふしぎだ。

わたしの生活は、夫人ほど変わらなかった。ジャワッドが逮捕《たいほ》されたからといって、自由になるわけではなかったし、捜査官《そうさかん》が銀色のキャビネットからファイルを押収《おうしゅう》していったからといって、借金が帳消しになるわけでもなかった。今も、わたしはここにいる。毎日お皿をあらい、夕食の準備《じゅんび》を手伝う。花をつんで部屋にかざり、シーツをはずして洗濯係《せんたくがかり》にわたす。夫人の頭をもみ、おふろにお湯をはる。

たくさんの人生が、大きく変わった。でも、わたしの人生は、なにも変わっていない。

「おくさま、朝食をお持ちします」チェストからティッシュの箱をわたすと、夫人は、一枚《まい》とって涙《なみだ》をふいた。だまったままだった。

わたしは調理場へ行き、チャイポットに水をそそぎいれた。

「ついでに、あたしのぶんもいれておくれ」ムムターズさんがそばに来て言った。元気がない。

掃除係《そうじがかり》のおじいさんと運転手のグラームさんもいた。ふたりは、使用人用の食器棚《しょっきだな》からコップをとって水で満たした。

「ムムターズさん、だいじょうぶですか？　顔色が悪いですよ」わたしはたずねた。

「だいじょうぶなわけがないよ」ムムターズさんは、首を横にふった。

「なにもかもめちゃくちゃだ。この屋敷《やしき》で四十年働いてるが、こんな日が来るとは、思わんかった」掃除係《そうじがかり》のおじいさんはそう言うと、水をひとくち飲んだ。

「でも、ニュースで報道《ほうどう》されていることを、ジャワッドさまがほんとうにやったのだとしたら……」わたしは一瞬《いっしゅん》ためらってからつづけた。「つかまってよかったと思いませんか?」

「大だんなさまも若《わか》だんなさまも刑務所《けいむしょ》に入ったら、ここの使用人たちはどうなる?」グラームさんは言った。「この仕事が必要だっていうのに。息子に、もうすぐ赤んぼうが生まれるんだ。もうひとりの孫は心臓《しんぞう》が悪くて、ラホールの専門医《せんもんい》にみてもらわなきゃならん。収入《しゅうにゅう》がなくなったら、どうすればいい?」

チャイポットにもういっぱい水を足し、窓《まど》の外に目をやった。使用人たちが数人、テラスでおしゃべりをしている。話の内容《ないよう》は、調理場のわたしたちのとほとんど変わらないだろう。あの日から、同じことばかり話している――ジャワッドは有罪《ゆうざい》になるのか、そうなったら、使用人たちはどうなるのか。

ジャワッドが逮捕《たいほ》されれば、だれもがよろこぶと思っていた。だが、なにかを変えるためには――それがどんなに必要であっても――それと引きかえにうしなうものがあることを、わたしは知った。

ナビラとビラルは、調理場にもテラスにもいなかった。ジャワッドの逮捕《たいほ》のあと、まだ一度も三人で話をしていない。だれかに聞かれるのがこわかったのだ。それでも、わたしは、ふたりをさがしに使用人棟《しようにんとう》へ向かった。廊下《ろうか》を歩いていると、ニュースの音がかすかに聞こえた。あけっぱなしのビラルの部屋にはだれもいなくて、ナビラの部屋のドアはしまっていた。

わたしは、ノックしてからドアをあけた。ふたりそろってなかにいた。ビラルは、腕《うで》を組んで壁《かべ》にもたれていた。ナビラはベッドにすわって、ゴミ箱からひろいあげたきのうの新聞を見つめている。いかめしい顔をしたカーン氏とジャワッドの白黒写真が、一面に大きくのった新聞だ。

「アマルに読んでもらわなくても、なにが書いてあるかわかる気がする」ナビラは、顔を上げもせずに言った。

「そのままのことだよ」わたしはうなずいた。「死体が見つかった。ビラルが言ったとおりの場所で」

「外は記者でいっぱいだぞ。きのうよりも、おおぜいいる。警備員《けいびいん》と高い塀《へい》に守られてなかったら、窓《まど》からしのびこんでくるやつもいるかもな……」

ナビラは、ビラルを見て、それからわたしを見た。

「ジャワッドさまは、もうもどってこない？」

「そうだといいけど」

「まだ信じられないんだ」ナビラは首をふった。「あしたの朝起きたら、すべては夢《ゆめ》でしたって、そうなる気がする」

ナビラの言うとおりだ。現実《げんじつ》とは、とても思えない。でも、ナビラのひざの上には新聞がある。わたしを見つめるジャワッドの写真は、これが夢《ゆめ》ではないとつげている。たくさんの人をきずつけた男。何世代にもわたり村人たちを苦しめてきた大地主一族。わたしたちは、ジャワッドとカーン氏にその報《むく》いを受けさせたのだ。

ふと笑みがこぼれた。

大地主一族を破滅《はめつ》に追いこんだのが使用人だということを、わたしたち三人以外はだれも知らない。

村を変えたのがひとりの女の子だということも、ずっと知られることはないだろう。

でも、わたしは知っている。

46

「アマル、話があります」一週間後、ナスリーン夫人は言った。ベッドの横をぽんぽんとたたき、わたしにもすわるよううながす。

「しばらく、イスラマバードに行きます」わたしが腰《こし》をおろすと、夫人は切りだした。「明日の朝、長男がむかえにきてくれることになったんですよ。今ここにいるのは、つらくてね。この屋敷《やしき》は、わたしひとりには広すぎます」

わたしの心はしずんだ。イスラマバードといったら、ここから何時間もはなれたパキスタンの首都だ。夫人のおつきなのだから、とうぜんついていかなければならない。家族から、さらに遠くはなれてしまう。

「はい。こういうときこそ、家族といっしょにいたほうがいいと思います」わたしは、どうにかそう口にした。

「その前に——もうすぐ出かけますが——妹に会いに行こうと思ってね」夫人は、にっこりとわらった。ジャワッドがいなくなってから、初めて見せた笑顔だった。

「妹さんも、きっとよろこばれます」

「だといいけれど。もうずいぶん会っていないから」夫人は、スカーフのはしっこを指にくるくるとまきつけながら言った。

「家族に会うのに、おそすぎるということはないと思います」

「そうね。あなたも、家族のもとへ帰りなさい」

びっくりして、夫人を見る。

「まだだれにも言っていないけれど、まあいいでしょう。これから、このうちはどうなるかわからないんですもの、使用人をのこしておいてもしかたがありません。いったん家をたたみます。もちろん、ムムターズはイスラマバードに連れていきますし、庭師《にわし》や何人かは、屋《や》敷《しき》にのこして手入れをしてもらいます。けれども、ほかの人たちには、ひまを出すことにしました」

「わたしは……わたしは、帰れるんですか？」

夫人は、悲しげにほほえんだ。

「いっしょに連れていこうかとも思ったんですよ。アマルとお話しするのは楽しかったし、とても気に入っていたわ。あなたのなかに、むかしの自分を見ていたのね。でも、あなたの居場所《いばしょ》は家族のところです。借金は免除《めんじょ》しましょう」

夫人にだきつきたかったが、そんなことはしたことがない。それに、もし、夫人がなにかの魔法《まほう》にかかっているのなら、それをときたくなかった。これが奇跡《きせき》の瞬間《しゅんかん》であるのなら、それを手放したくなかった。

「ありがとうございます」わたしはささやくように言った。

その日の昼さがり、使用人仲間といっしょに、夫人の話をふたたび聞いた。ビラルはおどろきのあまり口をぽかんとあけ、それから満面の笑みをうかべた。ハーミドさんは、ファティマをだきしめた。でも、グラームさんはしずんでいた。ムムターズさんをちらりと見ると、泣いていた。

「ムムターズさんは、仕事をつづけられるじゃないですか。おくさまとイスラマバードへ行くんですよね？」わたしは歩みよって手をにぎった。

「でも、あたしの居場所《いばしょ》はここなんだよ」ムムターズさんは、涙《なみだ》を流しながらわたしを見つめた。「元気でね。ときどき、この年寄《としよ》りのことを思い出しておくれ」

「はい」ムムターズさんをだきしめた。悲しみにおそわれるとは、思ってもいなかった。この日が来るのをずっと待っていた。屋敷《やしき》を去るのは、心からうれしい。でも、ムムターズさんやみんなとわかれるのはつらかった。

しばらくして、ファティマがそばにやってきた。ハーミドさんの手をしっかりとにぎっている。

「あたしも、おとうちゃんと屋敷《やしき》を出るよ。ほんとのおとうさんもおかあさんも、あたしに帰ってきてほしくないんだって。だから、このおとうちゃんのおうちに行くの」

「家はどこなんですか？」わたしは、ハーミドさんにたずねた。

「イムラワラだ。かみさんと子どもたちが待ってる。ここには長いこといすぎた。ファティマと同じ歳《とし》の孫もふたりいる」ハーミドさんは、ファティマを見おろしほほえんだ。「おまえにとっても、遊び相手ができていい」

わたしが顔を近づけると、ファティマの目に涙《なみだ》があふれた。この子は、屋敷《やしき》に来て初めてできた友だち、だれよりも先にここになじむきっかけをくれた友だちだ。

「お話を書きおえたら送ってくれる？　読みたいから」

ファティマは、床《ゆか》に目を落とし、答えなかった。

「市場で会おうよ。それか、ファティマの行くところは、うちのすぐ近くだから、わたしが会いに行こうかな。ずっと友だちだよ」

「でも、今までみたいにはいかないでしょ」ファティマがぼそりと言う。

「そうだね。今までみたいにはいかない。でも、もっとよくなるよ」

ファティマは、わたしにだきついた。

ハーミドさんに手を引かれて出ていくファティマを、見えなくなるまで見送った。

かばんを手にとると、だれかに肩《かた》をたたかれた。ナビラだった。

「これ。おやつを入れといたよ。水もね。歩いてるとちゅうで、ほしくなるかもしれないからさ」ナビラが、布《ぬの》のふくろをおしつけてきた。

「ナビラはどうするの？　家に帰るの？」

「ううん、まさか。シムランワラの近くに、いとこのラティーフのおくさんが住んでるから、いっしょにくらすつもり。ネコの手も借りたいほど、いそがしいんだって」

「学校へもどる予定は？」

「わかんない」ナビラは、肩《かた》をすくめた。

「ナビラ、例の識字《しきじ》センターは、お金がかからないよ。とてもいいところだし、そのいとこの家からも通える。行ってみたらどうかな。もしかしたら、そこでわたしたち、また会えるかも――うちから、角をひとつ曲がったところにあるから」

「考えとくよ。アマルこそ、学校へもどりな。そして、ほんとうに先生になってよ。こんなふうにチャンスがまいもどってくることなんて、めったにないんだから」

「なれるといいな」わたしは、ほほえんだ。

まさかナビラと友だちになれる日が来るとは思わなかった。わたしは、ナビラにそっと身をよせ、だきしめた。

夕ぐれのなか、スーツケースを引いて歩きだす。空には白い三日月がうかんでいる。まもなく、星がかがやきだすだろう。でも、星の道しるべはいらない。家につづく道は知っている。ナビラに言われたことを考えた。いつか、教師《きょうし》になる日が来るかもしれない。あるいは、作家になるかもしれない。アシフ先生のように、学校をひらくのもいいだろう。このすべてをかなえたっていい。たくさんの夢《ゆめ》をいだき、そのすべてをかなえることもできると、今のわたしは知っている。そして、夢《ゆめ》のひとつが、まさにかないつつあるのだ。わたしは屋敷《やしき》からときはなたれ、わが家に向かって歩いている。

道のりは、思ったより遠かった。だれかが追いかけてくるのではないかと、なんども不安になった。腕《うで》をつかまれ、引きずりもどされるのではないかと。でも、だれも追いかけてこなかった。

歩きつづけた。とうさん、かあさん、シーマ、オマール、ハフサに、一歩ずつ近づく。けっして、ふりかえらない。曲がりくねった道をただただ進む。道にあいている穴《あな》は飛びこえよう。地球の中心に落ちそうなほど深い穴《あな》も、わたしは飛びこえられるのだ。

この先、なにが起きるかはわからない。

いつの日か、ジャワッドは釈放《しゃくほう》されるだろうか。わたしをさがしに来るだろうか。

先が見えないのはおそろしいものだけれど、こわくはなかった。今日のわたしは自由だ。

未来はわからなくても、この道の先には、まちがいなくわたしの家がある。

今、この瞬間《しゅんかん》は、それだけでよかった。

作者あとがき

二〇一二年、マララ・ユスフザイさんは、パキスタンのスワート渓谷《けいこく》で、学校から帰るとちゅう、至近距離《しきんきょり》から銃撃《じゅうげき》されました。その理由は？　女の子が教育を受ける権利《けんり》をうったえ、そのことに反対する人たちを非難《ひなん》したからです。

マララさんの銃撃事件《じゅうげきじけん》は、世界じゅうの人々を、はっとさせました。マララさんは回《かい》復《ふく》すると、自分のためだけでなく、すべての女の子のために教育の重要性《じゅうようせい》をふたたびうったえはじめます。そんな彼女《かのじょ》を人々は応援《おうえん》するようになりました。マララさんは、強い少女でありつづけました。学校をつくり、暴力《ぼうりょく》に反対し、史上最年少でノーベル平和賞を受賞しました。今では、世界じゅうの子どもたちが、彼女《かのじょ》の物語を知っています。

マララさんは、実に勇敢《ゆうかん》です。しかし、彼女自身《かのじょじしん》もみとめているとおり、世界には、信じることのために闘《たたか》っている若者《わかもの》や、困難《こんなん》な状況《じょうきょう》にあっても、どんなに危険《きけん》にさらされても、正しい道をえらぶ若者《わかもの》がたくさんいます。その若者《わかもの》たちの多くは、新聞の見出しをかざることも、世の中にその名を知られることもありません。また残念ながら、マララさんのようにたたえられる人も少ないでしょう。けれども、スポットライトを浴びようと浴びまいと、そういった勇敢《ゆうかん》な若者《わかもの》たちが尊敬《そんけい》に値《あたい》することは変わりません。

本作の主人公アマルは架空《かくう》の人物ですが、パキスタンをはじめ、世界じゅうで不平等に立ちむかっている無数の少女たちを象徴《しょうちょう》しています。彼女《かのじょ》たちは、無名であっても、正義《せいぎ》のために闘《たたか》っている重要な存在《そんざい》なのです。世界をよりよくするのに、新聞の見出しをかざる必要はありません。自分の町や村、地域《ちいき》での行動のひとつひとつに価値《かち》があり、意味があるのです。

本作でとりあげたテーマのひとつ、強制労働《きょうせいろうどう》は国際的《こくさいてき》な問題で、アメリカを含《ふく》む世界じゅうで数千万人が被害《ひがい》にあっています。なかには、アマルと同じように解放《かいほう》される人もいますが、残念ながら、ほとんどの人たちは、アマル以上に過酷《かこく》な生活を強《し》いられ、終わりが見えない状況《じょうきょう》にいます。このおそろしい悪習をたえしのぶしかない多くの人たちにくらべ、アマルははるかに幸運なのです。

世の中には、勇気ある少女がたくさんいます。アマルのように、恐怖《きょうふ》に足がすくむときもあるでしょう。しかし、危険《きけん》をかえりみず正しい道を進むのは、なによりも勇ましいおこないではないでしょうか。アマルのこの物語が、世界じゅうの勇敢《ゆうかん》な少女を明るく照らす光になることをねがっています。

作　アイシャ・サイード（Aisha Saeed）

パキスタン系アメリカ人。児童文学作家。子どもの多様性を書籍に反映させることを促進する非営利団体「We Need Diverse Books Campaign」の創立メンバー。本作（原題：Amal Unbound）は、ニューヨークタイムズのベストセラー入りを果たしたほか、ニューヨーク公共図書館の2018年ベストブックの一冊に選ばれた。現在は、夫、息子とともに、ジョージア州アトランタでくらす。

訳　相良倫子（さがら・みちこ）

東京都生まれ。父親の仕事の関係で小学校から高校までの約10年間をフィリピンのマニラで過ごす。英会話学校、国際機関を経て、翻訳家に。訳書に『目で見る化学—111種の元素をさぐる』（さ・え・ら書房）、「ヒックとドラゴン」シリーズ（小峰書店）、「オリガミ・ヨーダの事件簿」シリーズ（徳間書店）などがある。

装画　末山りん

装丁　西垂水敦（krran）

囚《とら》われのアマル

2020年4月　第1刷発行

作　者　アイシャ・サイード
訳　者　相良倫子
発行者　浦城寿一
発行所　さ・え・ら書房
〒162-0842　東京都新宿区市谷砂土原町３－１
TEL 03-3268-4261
FAX 03-3268-4262
https://www.saela.co.jp/

印刷所　光陽メディア
製本所　東京美術紙工

ISBN978-4-378-01528-6　NDC933